emic

PP選書

Problem&Polemic

|課題と争点|

吉本隆明の〈こころ〉学

〈資質〉・文芸・心的現象

高岡健
Takaoka
Ken

批評社

PP選書［Problem & Polemic：課題と争点］

吉本隆明の〈こころ〉学——〈資質〉・文芸・心的現象＊目次

序章　〈資質〉を〈倫理〉に変えるとき
——岸上大作・松本隆・つげ義春

少し冷静になったときに思い出す、吉本隆明の言葉がある。『吉本隆明論』を書いて吉本宅に上がりこみ、帰らなかった男について触れた、次のような文章だ。

《わたしが、この男に感じたのは、自己の中に他者をみることがまったくできない（これは左翼くずれに多い）ことと、薄っぺらな論理で、他者をオルグしているつもりになり、じつは他者に赦されているにすぎないことに、まったく気づかない鈍感さとであった。もっとも、青春とはそういうものであるといえばいえる。また、幾分かは、わたしの影でもあるような資質である。》（「情況への発言——若い世代のある遺文」『吉本隆明全著作集・続10』）

自己の中に他者を見ることが出来ないがゆえに、他者から赦されていることに気づかない鈍感さは、私の中にもある。そして、正直に言うなら、その鈍感さに気づく時は稀で、情けないことに多くの場合は気づかないままだ。

ところで、ここで吉本は、〈**青春**〉や〈**資質**〉という言葉を使っている。この箇所を読むと、自らの〈青春〉期に分かちがたく紛れ込んだ鈍感さという負の〈資質〉について、つい胡麻化しておしまいにしたいような誘惑に駆られる。しかし、世の中には、それとは正反対の〈青春〉期や正反対の〈資質〉があるのではないか。私の関心は、ここから急速に個人の〈青春〉と〈資質〉に向かって、旋回することになる。

#岸上大作

たとえば、次のような短歌がある。

——言い切らんことばやさしくポケットの手に触れている太宰治全集（「意志表示」）

——どこまでも終止符打たぬリイダァーにセクシーピンクの口紅投げろ（「溢血の鼻」）

どちらも、岸上大作の有名な歌だ。彼は、六〇年安保闘争の渦中でこれらの歌を詠み、闘争後の一二月に縊死した。彼の歌には、政治闘争の叙景の中に、必ずと言っていいほど自身の心像が詠みこまれている。言い換えるなら、彼の〈青春〉と〈資質〉が詠みこまれているということだ。

岸上の死に触れて、吉本隆明は、「かれは〈遺書〉のなかで、失恋だと書いたり、弱かったのだと書いたり、また故意に道化てみせたりしているが、もっと奥深いところからかれを誘って死におもむかせたのは、かれの〈遺書〉の裏側を流れている巨きな、時代的契機であったような気がする」（「岸上大作小論」『詩的乾坤』）と記した。

私は、岸上が吉本宅を訪れた際の記憶について、吉本に尋ねたことがある。吉本は、安保闘争の話は出てこなくて、もっぱら短歌の話だったと言っていた。それほどまでに、短歌は、岸上の〈青春〉であり〈資質〉の表現だったのだろう。

だとすると、「時代的契機」が、岸上の〈青春〉と〈資質〉を、押し流してしまったことになる。吉本は、別の場所で、「弱者は時代に耐ええず死ぬ、とうそぶく連中がいるかぎり、私たちはみずから死んではならないのだ」（「去年の死」『模写と鏡』）と記して、岸上を哀悼している。この部分を読むと、〈青春〉と〈資質〉を葬ることが、すなわち自らの生命を葬ることになってしまう情況に対して、吉本自身が耐え忍んでいるかのように映る。

＃松本隆とつげ義春

吉本隆明の他の文章中にも、〈資質〉という言葉は散見される。たとえば、松本隆の文庫版『微熱少年』の「解説」（初出は新潮社の雑誌『波』）は、その一つだ。

『微熱少年』の「ぼく」には、即興でドラムを叩く音楽の〈資質〉と、挑戦に応じて勝鬨橋の開閉部を車でとび越す勇気のような〈資質〉がある。たった二つの〈資質〉をぶら下げて、目の当たりにビートルズの肉声を聴いた「ぼく」は、無条件に〈資質〉が惹かれていった恋人エリーを喪って、別の季節の前に佇つ。作者（松本）は一つの〈青春〉物語を書き尽くし、生涯を鎮魂する課題を果たし終えた――そういう解説だ。

吉本の著作の中では取り上げられることの少ない短文だが、私の好きな文章だ。たぶん吉本にとっては、こういう自然過程としての苦い〈青春〉期からの出立が、理想なのだろう。なぜなら、そこには断念ゆえの、価値の増殖があるからだ。

さらに、別の吉本の文章を挙げることもできる。つげ義春についての短文だ。この文章も、私の知りうる限りでは、あまり取り上げられることがなかったと思う。

《見栄などどこにもないのに、無償の生活を夢見ている。いつも無意識のうちに自然な資質からそんな生き方しかできない者のペーソスをふりまいては、私たちを嬉しくさせる。》

《社会のせいにも、政治のせいにも、他人の冷酷や差別や不人情のせいにも、がめつい女房の造反のせいにも、ぜんぶできるし、間違いなくそう描いているのだが、それよりももって生れた資質や性格のなかに生活無能者の悲劇を湛えていて、大と小がとり違えられたり、大切なことと些細なことがひっくり返ったり、常識と非常識が入れ替わったりする悲喜劇が演じられる。》（「つげ義春『無能の人』その他。」『消費のなかの芸』）

はなから〈青春〉とは無縁な場所でしか人生を営めない〈資質〉がある。そういう〈資質〉を、吉本は心から慈しんでいるかのようだ。やはり、そこには断念ゆえの価値の増殖があるからなのだろう。

ここで、もう少し付け加えて記すことも出来る。〈青春〉とは無縁に増殖した価値が、生き延びている場所についてだ。

地方の無名の版元から刊行された『百合ヶ澤百合の花』（大沼洸）という小説集がある。その中の「竹の間の客」という作品では、つげ義春が登場し、「私」と十年ぶりに出会う。出会った場所は、御竹村の春祭りの出店だった。そこには、ブロマイドの店や中古写真機の店のほかに古本屋があり、なぜか島尾敏雄と吉田満の対談集『特攻体験と戦後』を売っていた。

もっと驚くのは、「氣玉屋」という店があって、一袋三〇〇円の薬品（？）を売っていることだった。「景氣」「活氣」「元氣」「勇氣」からはじまり「妖氣」「毒氣」「食氣」「山氣」まである。「私」は「嫌氣」を注文し、つげは「毒氣」を買った――。

何とも言えず馬鹿馬鹿しいが、何とも言えない味がある。「氣玉屋」の親仁（おやじ）も含めた皆が、「大切なこととさ細なことがひっくり返った」世界で、一瞬だけ出会っている。〈青春〉とは無縁の場所でのみ、かすかに増殖する価値は、見える者には見えるが、見えない者には全く見えない。

井川端要壽

自然過程としての苦い〈青春〉期からの出立の道をたどらず、また〈青春〉期とは無縁の場所に佇むのでもない場合には、意志的に〈青春〉期をくぐりぬけるしかない。いいかえるなら、人工的に断念をつくりだすほかはないような〈資質〉も、存在するということだ。

意志的な〈青春〉期のくぐりぬけ方は、さまざまな領域に暮らす人たちに向かって、ほんとうの意味での**〈倫理〉**をもたらす。このことを、もう少し説明してみる。

うかつにも私は、吉本隆明の影響を受けた最後の世代が、一九七〇年前後に高校生だった私たちだと思っていた。しかし、最近になって、そうではないことを知った。私などよりも若い世代にまで、吉本の〈倫理〉は深い影響を及ぼしていたのだ。

一例を挙げると、『不登校新聞』の編集に携わっている石井志昂は、ひきこもりに関する取材で、吉本から「誰だって、ひきこもらないと自分を保てないんだ」と言われ、はじめて自分がひきこもりになることへ恐怖を感じていることに気づいたと述べている（登校拒否・不登校を考える全国ネットワーク刊『当事者の立場に立って』）。

この話には続きがある。吉本への取材を含む『不登校新聞』の掲載記事をまとめて講談社から出版しようとした山下耕平は、吉本から「著名人を集めて大手の出版社から本にして出すなんて、あんたら堕落してんじゃねえの？」と「お説教」されたと書いている（http://foro.blog.shinobi.jp/）。

原稿については「使いたきゃ勝手に使いな」と言っていただいたものの、彼はその「お説教」を、常に自戒へつなげているという。

また、『あたし研究』の著者の小道モコは、「本当に困ったんだったら、泥棒して食ったっていいんだぜ」という吉本の言葉に出会い、涙がこぼれたとブログに記している（http://crayon-ataken.cocolog-nifty.com/blog/blog_index.html）。

吉本は、随所でこの言葉を用いていると思うが、とくに私が印象に残っているのは、川端要壽の『堕ちよ！ さらば』に記されたやりとりだ。かつて府立化工で吉本と同級生であった川端は、吉本に三千円を無心した。吉本は千円札を三枚、握らせながら、俺のところも楽じゃない、しかしこの金は返さなくていいと言いつつ、「人間ほんとに食うに困った時は、強盗でも、何でもやるんだな」と微笑ったという。

この言葉に対し憎悪さえ抱いた川端は、吉本から貰った『試行』の一頁でケツを拭き、残りを便器に投げ捨てたと書いている。後になって吉本の言葉が冗談でも皮肉でもなかったことを、川端は知る。吉本が『純愛物語』（今井正監督）の映画評で「わたしは、人間は喰えなくなったら、スリでも、強盗でも、サギでもやって生きるべき権利をもっていると、かねてからかたく信じたいと思っているが、この映画の主人公貫坊と恋人の不良少女ミツ子は、まさしく、そういうモラルの実践者なので、わたしが狂喜したのは云うまでもない」と記しているのを読んだのだ。

作為や外界に対する配慮がまったくなく〈自然〉であるならば価値があるということに気づか

ぬまま、川端は三千円を持って競馬場へ向かい、コーチ屋に騙されて金を失った。しかし、この川端の行為もまた、断念に裏打ちされた〈倫理〉には違いない。

ただいじけているだけの人には解るわけもないが、つげ作品の人物のように、はじめから〈青春〉期に背を向けた自らに固有の〈資質〉を、手放すことなどありそうもない人生と、『微熱少年』の「ぼく」のように、〈青春〉期の〈資質〉を自然であるかのように置いて出立する人生との谷間に、長く引きずってきた〈青春〉期を、意志的に超えようと試みる以外には断念できない、面倒な〈資質〉を抱えた人生がある。そして、意志的に超えるとは、誰から強いられるものでもなく、私がそうしたいと願うところにしか根拠はないがゆえに〈倫理〉なのだ。

（初出：「〈資質〉を倫理に変えるとき」『飢餓陣営』38号）

第Ⅰ部　〈こころ〉学入門

第1章 〈資質〉—妄想論
——吉本隆明の漱石論

吉本隆明には、夏目漱石に関する多くの著書があるものの、語りによるものが中心で、書き言葉による長編評論は、意外にも見当たらない。その理由について、吉本は、どこまで本心かはわからないが、「江藤淳さんの優れた漱石論があるので、これで充分いいやと考えて」（『夏目漱石を読む』）と記している。しかし、一方で「奥野健男氏の優れた批評文があるのでおなじように考えた」と述べている太宰治については、吉本の限りない愛惜が感じられるのに、漱石に関しては、敬意を払いつつも、どこか突き放したような客観的叙述になっているところが、不思議といえば不思議だ。なぜだろうか。

もちろん、漱石が生きた明治から大正初期が、すでに歴史的過去になっていて、同時代とはいえないという事情もあるだろう。だが、それればかりではない気がする。

漱石の作品には、〈資質〉から病的体験へと向かう叙述が頻繁に貌を出している。その点を解明しようとすれば、必然的に漱石の「宿命」（前掲書）とその反復の考察へと、向かわざるをえない。そのために、漱石の作品についての解明は、どうしても登場人物の心理機制についての、客観的考察を伴うことになる。そういう事情が、どこか突き放したような印象を与えているのではないか。

#〈資質〉と病い（1）——『三四郎』

夏目漱石の小説のなかから、吉本隆明が好んで引用する挿話には、少なくとも二つのものがある。そのうちの一つは、『三四郎』における「広田先生」の話だ。

広田先生は、三四郎に対し次のように語った。二十年ばかり前に、森有礼[*1]の葬列のなかで「十二三の綺麗な女」を見た。その女と、突然、夢の中で再会したというのだ。三四郎が、「その女が来たら御貰いになったでしょう」（結婚したでしょう）と尋ねると、広田先生は、一度考えた上で「貰っただろうね」と答えた——。

この挿話について、吉本は、『夢十夜』の続きがあるとすれば、第十一夜に相当すると述べている（『夏目漱石を読む』）。また、妄想になる前の思い込みであるとして、**夢幻様描写**と名づけている（『異形の心的現象』）。

もっとも、この描写が、漱石自身の体験に基づくものであるかどうかについては、吉本は明言していない。しかし、「漱石が作品のなかで自画像の要素をこめているときは、この妄想を自覚した自己省察をもった人物として描き、作品のなかの主人公に近い重要人物にたいしては、思い込みから妄想性の幻影をもっている素質を作中人物として設定している」（『漱石の巨きな旅』）と

＊1　明治時代の外交官で初代文相。帝国憲法発布の日に暗殺された。

記している。このことからもわかるように、漱石の〈資質〉の重要部分を反映した描写として位置づけていることは、確かだといえよう。

一方、漱石の弟子だった小宮豊隆は、もってまわった言い方で、広田先生の挿話における女と、漱石の妻の夏目鏡子が書いた『漱石の思い出』の冒頭に登場する「井上眼科の女」を、次のように関連させて叙述している（『夏目漱石』）。

漱石が通っていた眼科で会う美しい若い女は、「見るからに気立てが優しくて、しんから深切」だった（と漱石は思い込んだ）。ところが、女の母は性悪で、寺の尼さんなどを「回し者」に使って、漱石の一挙一動を探らせた（と漱石は思い込んだ）。ある日、漱石は兄に、「私のところへ縁談の申し込みがあったでしょう」と尋ねた。兄が否定すると、漱石は「私にだまって断るなんて、親でもない、兄でもない」と言って、えらい剣幕だった――。漱石にとっての井上眼科の女と、広田先生にとっての「十二三の綺麗な女」は、同じような病的関係にあるのではないかと、小宮は示唆しているのだ。

これらを含め、後に漱石を診察した呉秀三[*2]は、「追跡狂」と診断したと、『漱石の思い出』には記されている。だが、井上眼科での病的体験と、『三四郎』における広田先生の夢幻様体験が関連しているかどうかは、ほんとうのところはわからないし、また重要でもない。重要なのは、夢幻様体験から「追跡狂」にまで至る漱石の、その〈資質〉の源が、どこに由来するかだ。

吉本は、それを漱石の「母親の問題」（『夏目漱石を読む』）に求めている。妄想の場面では、母親が「追いかけてくる初恋の人」に変わったり、「じぶんをたえず監視している尼さん」に変わったりする。つまり、「かつていちばん愛した人がいちばん憎悪の対象になる」ことが、漱石の妄想の特徴だというのだ。(もっとも、漱石が実際に母親を愛していたかどうかは、疑問だ。むしろ、母親から愛されなかった分だけ、母親を愛したいと切望していた、というほうが正確かもしれない。)

ここで、私なら、『三四郎』の別の箇所に言及したい気持ちになる。別の箇所とは、三四郎が「野々宮君」の家を訪ねたときの、次のような挿話だ。

野々宮君が三四郎と話していると、野々宮君の妹から電報が届いた。電報には、妹が入院している病院にすぐ来てくれと書いてあった。野々宮君は出かけ、三四郎は一人、野々宮君の家に泊まることになった。その夜、近所で轢死事故があった。一一時になり、野々宮君から「妹無事、明日帰る」との電報が来て、三四郎は安心し眠りについた。だが、三四郎の夢は次のように、「すこぶる危険」だった。

《轢死を企てた女は、野々宮に関係のある女で、野々宮はそれと知って家へ帰って来ない。只三四郎を安心させる為に電報だけ掛けた。妹無事とあるのは偽(いつわり)で、今夜轢死のあった時刻に妹も死んでしまった。そうしてその妹は即ち三四郎が池の端(はた)で逢った女〔美禰子・引用者註〕で

*2 日本の精神病学の創始者で、東京帝大教授。当時の精神病者の私宅監置の調査を行い、「この病を受けたるの不幸の他に、この邦に生まれたるの不幸を重ぬるもの」と記した。

ある。》（『三四郎』）

これもまた、単なる夢というよりは、**夢幻様体験**[*3]に等しいといえる。同時刻に二人の女が死んだとされ、しかも、それぞれの女のうちの一人は野々宮に、他の一人は三四郎に関係づけられているからだ。

そこでは、二人の女は母親の化身というわけではない。それでも、あらゆる女性が、三四郎にとって何らかの関係性を帯びた存在であるかのように、描かれている。あたかも、漱石が得ようとして得られなかった（あるいは得ることを最初から断念していた）母親代理の女を暗示するかのように、全ての女性が関係づけられ描かれているということだ。

どうして、こういう描写が出現することになったのか。吉本は、漱石の別の作品（『それから』）についての解釈のなかで、次のように指摘している。

《もし、自分の資質をぜんぶ統御できていったら、いかに実生活上で病的に振舞おうと、作品をどう病的に描こうと、作中人物をどう描こうと、完全にこの人は病気じゃない、つまり芸術のデーモンとしてこれを押さえ切っているというふうになるでしょうが、たぶんそこまでは意識的じゃなくて、漱石自身、自分の資質に無意識だったというようなものが、作品の中のどこかにあります。》（『漱石的主題』）

「自分の資質に無意識だった」という吉本による指摘は、先に引用した『三四郎』における、轢死を契機とした夢の描写にもあてはまる。換言するなら、**小説作品のなかで漱石の〈資質〉が貌をのぞかせている箇所は、必ずといっていいほど夢幻様体験の形をとる**といってもよい。

#資質と病い（2）――『彼岸過迄』

夏目漱石の小説から、好んで吉本隆明が引用する挿話のうちの他の一つは、『彼岸過迄』における「敬太郎」の話だ。

敬太郎は、田口という叔父から、入社試験がわりに「三田方面から電車に乗って、小川町の停留所で下りる四十恰好（がっこう）の男」の行動を、探偵して報告しろという巻紙を受けとった。そのため、敬太郎は男の後をつけた。男は女を誘い、西洋料理屋へ入って会話を交わした。やがて男は女を見送り、電車に飛び乗った。終点で、男は人力車に乗り換え、敬太郎は男を見失ってしまった。翌朝、目覚めた敬太郎は、昨日の出来事は「本当の夢」のようであったと思うのだった。

敬太郎は叔父の田口に報告したあと、「あんな小刀細工をして後なんか跟（つ）けるより、直（じか）に会って聞きたい事だけ遠慮なく聞いた方が、まだ手数（てかず）が省けて、そうして動かない確かな所が分かり

*3 ある種の精神病に出現する、夢に似た幻覚・妄想を伴う意識変容体験。その体験の中に、一貫した主題を持つ。

ゃしないかと思うのです」と述べる。それに対し、田口は、「其所に気が付いていれば人間として立派なものです」と応じた――。

小説にとどまらず、実生活でも漱石は、「**小刀細工**」という言葉を頻繁に使っている。『漱石の思い出』によると、漱石は女中を呼んで、「これを奥さんのとこへ持っていって、これでたくさん小刀細工をなさいってそう言いなさい」と命じ、錆びついた小刀を渡したという。この行為は、夏目鏡子によると、井上眼科で見初めた女の母親が手を回し、妻の鏡子までが細工をして漱石を苦しめているという意味になる。

同様に、漱石は、「**探偵**」という言葉も、実生活で用いている。家の向かいにある下宿屋に住む学生に、「探偵君、今日のお出かけは何時だよ」と怒鳴ったというのだ。この行為は、同じく夏目鏡子によれば、学生が漱石の陰口を言って監視していると思い込んだからであり、「そんなにこそこそついてこなくたって、こちらで堂々と教えてやるよといったぐあいに、いっぱし上手(うわて)に出たつもり」で発せられた言葉だという。

こうしてみると、『彼岸過迄』における敬太郎の挿話が、漱石の病的体験と結びついていることは、確かなように思える。ただし、漱石自身の病的体験が実際の行為へと移されるときには、誰からみても精神疾患を思わせる振る舞いの形をとっているのに比べ、『彼岸過迄』のなかでは、「小刀細工」や「探偵」ではなく、直に会って聞きたいことだけ聞くほうがいいという、いわば病的体験を押し返す言動になっている。つまり、**夢幻様体験という形で露出した〈資質〉を、文**

芸表現が解決しようと試みている姿にほかならない。『彼岸過迄』について、吉本は、「漱石が書いた唯一の推理小説、探偵小説」（『夏目漱石を読む』）と位置づけているが、漱石にとって「探偵小説」とは、病的体験としての「探偵」を、文芸上で解決しようとしたことを意味しているといいうる。

ちなみに、同様の病的体験に基づく挿話は、『吾輩は猫である』の中にも頻出する。たとえば、落雲館中学（実際は郁文館中学）の生徒が、野球のボールを拾うために、「苦沙弥先生」の家へ無断で入ってくる。それがたびかさなるため、苦沙弥先生は生徒を捕まえ、ついには中学の先生を呼んで抗議した。しかし、その抗議も竜頭蛇尾に終わる。しかも、この出来事について、「金田の旦那」と「鈴木の藤（とう）さん」が、次のような立ち話をするところを、猫が聞いてしまう。

《「此間（こないだ）から〔苦沙弥先生を・引用者註〕大分弱らしているんだが、やっぱり頑張っているんだ。…中略…とうとうしまいに学校の生徒にやらした」
「そいつは妙案ですな。利目（ききめ）が御座いましたか」
「これにゃあ、奴も大分困ったようだ。もう遠からず落城するに極（きま）っている」》（『吾輩は猫である』）

つまり、中学の生徒がボールを拾うために家へ侵入することを繰り返すのは、金田の指図によっていると、苦沙弥先生は解釈しているのだ。これは、いうまでもなく病的な解釈というほかない。ついでにいえば、このやりとりを聞いた猫は、「聞きたくて聴いたのではない。聞きたくもないのに談話の方で吾輩の耳の中へ飛び込んで来たのである。」と、わざわざ断っている。これは幻聴の特徴にほかならない。幻聴は能動的に聴くものではなく、受動的に強いられて聞かされることを本質とするからだ。（ちなみに、吉本も、『夏目漱石を読む』のなかで、猫が聞いたものは嵩じると「一種の幻聴」になると、指摘している。）

ただし、苦沙弥先生の抗議は、「竜頭蛇尾」の滑稽な内容として描かれている。このことについて、吉本は次のように説明している。

《漱石はこの作品のなかで巧みに被害妄想かもしれない思い過ごしを、猫が盗み聞くというフィクションに変換して、解消しているといえばいえるのです。妄想の物語とフィクションの物語とを同一にするために、滑稽小説の外観が必要だった、だからこの作品を漱石の宿命の物語として解することもできるのです。》（『夏目漱石を読む』）

「滑稽小説の外観」を、吉本は、「笑いの後ろ側に血の涙をにじませている漱石」と言い換えている。これも、病的体験を、文芸において解決しようとした姿にほかならない。漱石は、**自らの〈資質〉が貌を出す部分を、笑いへ変換することによって、ある種の解決を試みよう**とした。しかし、それは自己治癒の完成にまでは至らず、体験の病的な解釈は、芽のように残ったままだった。

#文明と自然――『門』『行人』

吉本隆明は、夏目漱石の狂気（当時の流行り言葉でいう「神経衰弱」）を、**パラノイア**[*4]の症状だと考えている（『漱石的主題』）。たとえば、『行人』の「一郎」が、自分の妻と、自分の弟である「二郎」との関係を疑う描写は、パラノイアの典型であるというのだ。

現在の精神医学の臨床からみても、吉本の指摘は正しいであろう。だが、吉本は、漱石が単にパラノイアだったというだけにとどまらず、それが**二つの方向へ分岐**していく点に、漱石の文芸作品上の特質があると、指摘している。

一つは、「文明の病い、文明の問題」にまで、狂気を拡大していく方向だ。漱石は、『行人』の一郎に、「人間の不安は科学の発展から来る。進んで止まる事を知らない科学は、かつて我々に止まる事を許して呉れた事がない」…中略…何処まで伴れて行かれるか分らない。実に恐ろしい。」と、語らせている。この言葉が、漱石の有名な和歌山講演（「現代日本の開化」）における、「日本の現代の開化は外発的」であり、この「現代日本が置かれたる特殊の状況に因って吾々の開化が機械的に変化を余儀なくされるためにただ上皮を滑って行き、また滑るまいと思って踏張るために神経衰弱になる」という内容に相応することは、つとに指摘されるところだ。

＊4　慢性の妄想性疾患で、人格の崩れがみられないことが特徴。

ちなみに、漱石の時代には、知識層が罹る軽症から中等症までの精神疾患を、文明批判の意味を込めて、すべて神経衰弱と呼びならわしていた。ただし、文明と不健康とを短絡させるような、現在の退行的なエコロジー思想とは、もちろん同じではない。漱石の時代の日本社会においては、輸入された文明開化が、人間の身体にとどまらず、人間の精神に対しても影響を及ぼすという指摘は、すぐれて先端的な思想を体現するものだったからだ。

さて、漱石のパラノイアが分岐していく**もう一つの方向**は、狂気を「自然」によって鎮静させることだった。吉本は、その前提として、『行人』の一郎が二郎に語る、ダンテの『神曲』におけるフランチェスカとパオロの挿話を、とりあげている。

この有名な挿話は、『神曲』地獄篇の第五歌に記されている。ジャンチョットと政略結婚させられたフランチェスカは、義弟パオロとの不倫に陥り、二人はジャンチョットによって殺害された。この挿話を、ダンテは「愛は、瞬く間に高貴なる心に燃えるもの。」（原基晶訳）と歌ったのだった。

だが、『行人』の一郎は、二郎に対し「何故肝心な夫の名〔ジャンチョット・引用者註〕を世間が忘れてパオロとフランチェスカだけ覚えているのか」と問うた後、次のように自説を展開する。

《人間の作った夫婦という関係よりも、自然が醸した恋愛の方が、実際神聖だから、それで時を経るに従がって、狭い社会の作った窮屈な道徳を脱ぎ棄て、大きな自然の法則を嘆美する声だけが、我々の耳を刺戟するように残るのではなかろうか。》(『行人』)

この箇所に関し、吉本は、「たぶん漱石の男女観というのがたいへんよく似ている」(『夏目漱石を読む』)と評価している。さらに敷衍するなら、漱石は「女性は、二人の男性からおなじくらい好かれたら、どちらかに決めることはできないというのが本質ではないか」と考えていたとまで推測している。一郎の述べる「大きな自然の法則」とは、そういう意味にほかならない。

しかし、この「本質」を文明の方向へ引っぱれば、それは世間から認められないがゆえに、他者もしくは自分を殺害するしかなくなる。そうならないためには、男女は世間から隔絶されて生きるしかない。それが、「自然」による沈静化をはかるということの意味だった。そして、そのようにして生きようとした男女が、『門』の「宗助」と「御米」だった。

吉本が、「ひっそりとした日常生活」が描かれているがゆえに、「いちばん好きな作品」(前掲書)と呼んだ『門』の宗助の生活は、「安井」という人物の登場により、かき乱されそうになる。安井は宗助の親友だった人で、昔、御米と一緒に暮らしていた。その安井から御米を、宗助は奪ったのだった。

宗助が借りている家の大家宅へ、満州放浪後の安井が逗留するとの情報が入り、宗助は動揺する。宗助は「神経衰弱」を治すために鎌倉の禅寺へ行くと御米に告げ、御米は彼を送り出した。しかし、不安は解消されず、宗助は家へ戻った。そのとき、安井はすでに満州へ引き返していた——。

このようなあっけない結末を、吉本は、「登場人物がどんなふうに設定されたとしても、ある枠組でとられた同一性の世界の範囲をはみ出すことはないように構成とモチーフがとられている」（「漱石をめぐって」『白熱化した言葉』）と解説している。この「同一性」こそが、言い換えるなら「自然」にほかならない。つまり、「大きな自然の法則」の上に立って、「ひっそりとした日常生活」が想定されているなら、「神経衰弱」は自然治癒へと向かうということだ。

こうしてみると、『行人』の前に著した『門』において、すでに漱石は、パラノイアから離れていく道筋を、準備していたことになる。

#関係と〈倫理〉――『道草』

吉本隆明は、『心的現象論本論』の「関係論」を、『道草』の次の部分を引用するところから、開始している。

《然し若し夫が優しい言葉に添へて、それ（生活費）を渡して呉れたなら、屹度嬉しい顔をする事が出来ただらうにと思つた。健三は又若し細君が嬉しさうにそれを受取ってくれたら優しい言葉も掛けられたらうにと考へた。それで物質的の要求に応ずべく工面された此金は、二人の間に存在する精神上の要求を充たす方便としては寧ろ失敗に帰してしまつた。》

「健三」と「細君」との関係を、吉本は「ちぐはぐさ」と呼んでいる。そして、このちぐはぐさを、なぜ「ある者は漱石のように鋭敏にとり出し、ある者は習慣のように押し流して過ぎてゆくのだろうか」と問い、それは「漱石のような場合…中略…自己が自己に対して自由にならないある本質に突きあたっているから」だと答えている。その上で、この自由にならない本質が、世界（環界）に由来するものか、それとも〈資質〉に由来するものかの境界が不分明であると、妄想形成に至ると記している。

どういうことなのか。『心的現象論本論』において、吉本は、「妄想形成の契機が、一人の他者に限定されずに、世界（環界）の理解や意味づけの仕方としてあらわれる」場合には、**素因（〈資質〉といっていいであろう）が世界（環界）の部分を選びとり、形成された妄想の方向に沿って世界を配列すると**、説明している。そこで例示されているのは、夏目鏡子『漱石の思い出』に記された、次のような出来事だ。

《長女の筆子が火鉢の向う側に坐って居りますと、どうしたのか火鉢の平べったいふちの上に五厘銭が一つのせてありました。…中略…それを見ますと、こいつはいやな真似をするとか何とかいうかと思ふと、いきなりぴしゃりと擲ったものです。…中略…ロンドンに居た時の話。或る日街を散歩してゐると、乞食が哀れっぽく金をねだるので、銅貨を一枚出して手渡してやりましたさうです。するとかへって来て便所に入ると、これ見よがしにそれと同じ銅貨が一枚便所の窓にのってる…中略…常々下宿の主婦さんは自分のあとをつけて探偵のやうなことをしてゐると思ってゐたら、やっぱり推定どほり自分の行動は細大漏らさず見てゐたのだ。》（『心的現象論本論』中の吉本による『漱石の思ひ出』からの引用）

つまり、ロンドンの乞食にあげた貨幣と、下宿の便所にあった貨幣、そして帰国後の家の火鉢にあった貨幣が、妄想によって切りとられ、自分に対する追跡という方向に沿って並べ替えられている。吉本によれば、これは漱石の絶対的孤独に対応するものであり、銅貨も下宿の主婦さんも筆子も、世界（環界）のただの象徴でしかなくなっているということになる。

吉本の論旨を、敷衍してみよう。目の前にある貨幣は、さしあたっては交換価値を表徴するものでしかない。ところが、それ以上でもそれ以下でもないはずの貨幣に、任意の意味が付与される。より正確に言えば、本来は何の関連性もない意味が、貨幣と結合される。結合された「意味－貨幣」のセットは、交換価値の表徴という性質を失い、「世界（環界）－自己」のセットの反映へと変化する。もし「世界（環界）－自己」のセットが追跡という意味を帯びるなら、「意味－貨幣」のセットは追跡妄想の症状として、外部の他者からは認識されるであろう。

このような構造を取り出すことはそれほど困難ではないし、精神医学における診断の過程では、このような構造を取り出すことを主要な手がかりとしていることも間違いない。だとしても、このような構造を産み出す基盤とは何かに関しては、不明のままだ。だが、その基盤を解明しない限り、追跡妄想から逃れることは出来ない。なぜなら、基盤の解明とは、「世界（環界）に由来するものか、それとも〈資質〉に由来するものかの境界が不分明である」（『心的現象論本論』）ような本質の解明と、同義だからだ。

漱石の場合、解明の手がかりは、漱石唯一の自伝的小説とされる『道草』に、求めざるをえない。『道草』の「健三」は、幼少時に「島田」という家へ里子に出されていた。「要するに彼はこの吝嗇（りんしょく）な島田夫婦に、よそからもらい受けた一人っ子として、異数の取り扱いを受けていたのである」（『道草』）。

島田夫婦は、幼い健三に「お前のお父ッさんはだれだい」と問う。健三が島田を指さすと、今度は「おっ母さんは」と尋ねた。健三は島田の妻を指さす。また、「お前はどこで生まれたの」とも尋ねられた。そのたびに健三は、島田夫婦から仕込まれた答えである、赤い門の家だと、「器械的」に返事をした。さらに、夫妻からは、「健坊、お前本当はだれの子なの、隠さずにそうお言い」と重ねて尋ねられ、健三は苦しむのだった。

《健三は彼女の意を迎えるために、向こうの望むような返事をするのがいやでたまらなかった。彼は無言のまま棒のように立っていた。…中略…夫婦は全力を尽くして健三を彼らの専有物にしようとつとめた。…中略…彼にはすでに身体の束縛があった。しかしそれよりもなお恐ろしい心の束縛が、なにもわからない彼の胸に、ぼんやりした不満足の影を投げた。》（『道草』）

現在であれば、心理的虐待と診断されるような状況であろう。これが、健三の——そして漱石の——幼少期体験だった。健三（≒漱石）は、こころを閉ざすしかなかった。それは、島田夫妻（モデルは浅草の戸長をしていた塩原夫妻）のもとを離れてからも続いた。このことこそが、吉本のいう漱石の絶対的孤独を、形成した基盤だった。

ただし、『道草』では、幼少期体験は描かれていても、それが追跡妄想の形をとる姿は描かれていない。代わりに描かれるのは、健三の妻——夏目鏡子でもあるだろうが——の、ヒステリー症状だった。[*5]

いわば妻に矛盾を押しつけているのだから、これはアンフェアな態度ということになるのだろうか。必ずしも、そうとは言えない。すでに『門』『彼岸過迄』『行人』を書き上げていた漱石は、『道草』の執筆時には、追跡妄想を中心とする精神病症状からの脱出を遂げていた。そうであるがゆえに、漱石は、精神病症状自体よりも、その基盤を書きつくすことだけに集中しようとしたのではないか。

すでに記したように、吉本は、漱石の場合に限らず精神病症状は、世界（環界）と〈資質〉の境界が不分明になることによって形成されると、指摘していた。（この指摘は、スタンダードな精神医学における考え方と一致する。）漱石は、自らの〈資質〉の基盤にまで遡ることにより、それを文芸の中で〈倫理〉へ転化しようとしたのだった。そうすることは、〈資質〉と〈資質〉以外の世界を分明にする作業を意味した。

しかし、こうして、精神病症状からは脱出しえても、人間関係のちぐはぐさだけは、どうしようもなく残った。『道草』の終わりに記された、「世の中に片づくなんてものはほとんどありゃしない。」という健三の言葉は、そのことを表している。ちなみに、健三の言葉に対し、健三の妻は、赤ん坊を抱きながら「お父さまのおっしゃることはなんだかちっともわかりゃしないわね」と応じている。

このやりとりは、人間と人間とのあいだのちぐはぐさを、関係の倫理として解く課題が残ったことを意味している。漱石は、その課題を『明暗』によって解こうとしたが、それは未完のままに終わった。

＊5 逆に、夏目鏡子の『漱石の思い出』は、漱石の精神病症状については記してあるものの、鏡子のヒステリー症状には触れていない。ちなみに、吉本は、高橋たか子による『高橋和巳の思い出』に関連して、「高橋さんが、鷗外の『半日』、それから漱石の『道草』のような作品をかかなかったのは、手ぬかりであるというふうにおもいました。つまり、そういうふうにぬかったために、高橋さんは、死んだらすぐにそうやられた〔夫は「狂人」だったと書かれた・引用者註〕わけです（笑）。」（「鷗外と漱石」『敗北の構造』）と、ユーモアを交えて語っている。

#文学と非文学――『文学論』『満韓ところどころ』

〈資質〉から病いへ、文明から自然へ、そして関係から〈倫理〉へという夏目漱石の歩みは、どこにまで至り、どこで中断を余儀なくされたのか。吉本隆明の『漱石の巨きな旅』は、漱石の主要な小説を主題としていないにもかかわらず、漱石の歩みを解くための手がかりを提供している。

まず、吉本は、『文学論』序を、「呪いの強烈さ」と名づける。「呪いの強烈さ」とは、たとえば次のような箇所を指しているのだろう。

《倫敦に住み暮らしたる二年は尤も不愉快の二年なり。…中略…されど官命なるが故に行きたる者は、自己の意思を以って行きたるにあらず。自己の意志を以ってすれば、余は生涯英国の地に一歩も吾足を踏み入るる事なかるべし。従つて、かくの如く君等の御世話になりたる余は遂に再び君等の御世話を蒙るの期なかるべし。余は君等の親切心に対して、その親切を感銘する機を再びする能はざるを恨みとす。》（『文学論』）

昔も今も、洋行帰りが嬉々として外国文化の輸入を針小棒大に語り、それが実は留学先の国家の文化戦略に利用されていることを知らないといった喜劇が、繰り返されている。そのような喜劇と比べてみると、漱石の「呪いの強烈さ」は、異様にさえ映る。だが、重要なのは、漱石が、「英国人」や「親戚のもの」さえもが彼を「神経衰弱」「狂人」と呼んでいることを知った上で、次のように記している点だ。

《余が身辺の状況にして変化せざる限りは、余の神経衰弱と狂気とは命のあらんほど永続すべし。永続する以上は幾多の「猫」と、幾多の「漾虚集」と、幾多の「鶉籠」を出版するの希望を有するがために、余は長しへにこの神経衰弱と狂気の余を見棄てざるを祈念す。》（前掲書）

幾多の『吾輩は猫である』、幾多の『漾虚集』、そして幾多の『鶉籠』を執筆することにより、漱石は何を得ようとしたのだろうか。ここで、『漾虚集』のなかの、いくつかの作品を手にとってみることにする。

『倫敦塔』では、「余」は、三羽しか見えぬ鴉を五羽いると断言する、「あやしき女」と出会う。「余」と女は、壁に犬か豚が描いてあるところでも出会う。女はそれをダッドレー家の紋章だと言い、紋章の下の題辞を朗誦した。その文字は、到底読めるものではなかったため、「余」は気味が悪かった。宿に帰り、主人にこの話をしたら、「皆んなあすこへ行く時にゃ案内記を読んで出掛るんでさあ」と言われた――。

『カーライル博物館』では、「余」は、「カーライルを苦しめたる声は独逸（ドイツ）に於てショペンハウアを苦しめた声である」ことに気づく。(その声は、漱石を苦しめた声でもあっただろう。)だが、その苦しみは、博物館の「婆さん」の「朗読的な声」によって、他愛もない現実へと引き戻される。婆さんの声は、慣れた案内者の声で、人が聴こうが聴くまいが、口上だけは必ず述べますという風のものだった——。

『琴のそら音』では、「余」が、幽霊や催眠術の話を聞くことになる。その後、「余」は、提灯の赤い火がふいに消えたのを見て、未来の細君である「露子」が、インフルエンザのために死んだのではないかと恐れる。翌朝、「余」が露子宅にかけつけてみると、すでに露子はインフルエンザから回復していた。可笑しそうに笑う露子は、気のせいか「一層余を愛するような素振に見えた」——。

いずれも、後年の漱石の小説と比べると、とくに優れた作品というわけではない。しかし、漱石が好んだという落語のオチのように、いずれも不気味な体験が諧謔に結びつくことによって、中和されていることがわかる。「神経衰弱」からの、自己治癒の試みのはじまりといってもいい。漱石にとって、後年の小説を執筆するためには、このような試みが必須だったのだ。

附記するなら、『漱石の巨きな旅』のなかで、吉本は、『漾虚集』の文体を、(1)紀行文の文体、(2)空想の世界を煮つめた美的文体、(3)空想的な美文を解体する文体にわけて論じている。『倫敦塔』には三種類の文体がすべてみられ、『カーライル博物館』には(1)と(3)の文体がみられる。一方、『琴のそら音』は、ほぼ(1)の文体だけで出来ていると吉本は述べているが、仔細に見ると、次のような（3）の文体を含んでいることがわかる。

《狸が人を婆化すと云いやすけど、何で狸が婆化しやしょう。ありゃみんな催眠術でげす…中略…西洋の狸から直伝に輸入致した術を催眠法とか唱え、これを応用する連中を先生などと崇めるのは全く西洋心酔の結果で拙などはひそかに慨嘆の至に堪えん位のものでげす。》（『琴のそら音』）

これが、空想的な美文を解体する（3）の文体であり、しかも「神経衰弱」からの自己治癒の試みでもあることは、明らかだろう。

ところで、『満韓ところどころ』の文体に関しては、『坊ちゃん』の文体と同じだと、吉本は述べている（『漱石の巨きな旅』）。「き真面目な文体になることを避けるために、響きとリズムを芝居がかったポーズでへし折ってみせ、含み笑いを外にひらいた文体」だというのだ。そうなる理由を、吉本は、「是公（漱石の学生時代の仲間で、満鉄総裁になった中村是公・引用者註）と漱石の親和力が、知識や文化や社会的な交際の風習をすべて削り落とした資質の磊落さと豪放さと思い遣りだけで発揮されるものだったからだ」と、説明している。

「資質の磊落さと豪放さと思い遣りだけで発揮される」親和力ゆえに採用された、『坊ちゃん』と同じ文体とは、たとえば次のような箇所を指すのだろう。

《大連で是公に逢つて、此落第の話が出た時、是公は、やあ、あの時貴様も落第したのかな。そいつは頼母(たのも)しいやと大いに嬉しがるから、落第だつて、落第の質が違はあ、己のは名誉の負傷だと答へて置いた。》(『満韓ところどころ』)

年譜によると、漱石は一八歳時に、中村是公や橋本佐五郎ら約一〇人と、神田猿楽町の下宿末富屋に暮らしたという。そして、翌年には落第し、是公とともに江東義塾の教師となって、その寄宿舎へ移った。井上眼科での精神病エピソードの発現以前であるこの時期は、漱石にとって、後に心的な資産となって残ったに違いない。満韓への旅行は四二歳時だから、漱石と是公は、二十数年にわたって、この時期につちかった資産を、持ち続けていたことになる。

『坊ちゃん』を含む『鶉籠』の執筆は、漱石にとって、狂気を中和するための、初期の試みだった。この中和の試みが、後のパラノイアの反復からの離脱を可能にしたとともに、人間関係のちぐはぐさへ立ち向かう文芸を産んだ。そして、初期の試みの持続を可能にした根底には、是公ら悪童連との親和力が横たわっていたのだった。

こう考えてみると、漱石の文芸を支えたものは、案外、青春期の是公と漱石の、互いに異なった〈資質〉の交流だったかもしれないという、平凡すぎるがゆえに健康な、結論へとたどりつく。また、二人の資質のあいだの親和力が、二十数年にもわたって持続しえたのは、仕事の分野が互いにまったく違うという、これもまた平凡な理由が僥倖になっていたのかもしれない。
漱石の文学は、是公の非文学を忘れないだけの青春の〈資質〉を、基盤として残していた。そこを想起させる点において、『漱石の巨きな旅』は、漱石論の集大成として読まれるべきだろう。

（初出：「吉本隆明の漱石論」『流砂』8号）

第2章　身体はなぜ抗うつ薬を食べ続けるのか

――フォイエルバッハと吉本隆明の身体論

大切な人の死に出会った時、人は深い悲しみに陥る。そして、世の中のあらゆる出来事に興味が持てず、誰に対しても愛情を抱くことが出来なくなるかもしれない。このような精神現象は、〈悲哀〉と呼ばれる。

それだけにとどまらず、自分を価値のない人間だと思い込み、自らを責めるようになるかもしれない。そうなったなら、それは〈うつ病〉と呼ばれる。フロイトによるなら、自分への無価値感と自責感の出現は、悲哀からうつ病を区別する、重要な指標だ。

うつ病の症状は、気分が沈むことだけにとどまらない。思考の速度は遅くなり、その内容は悲観的で厭世的になる。加えて、行動が遅くなるとともに、その一方で焦りを伴いやすくもなる。不眠や、さまざまな身体的不調も出現する。

うつ病における最も悲劇的な結果が自殺であることは、いうまでもない。他方で、自殺を避けることさえ出来たなら、うつ病は一般に数か月で回復する疾患だと考えられてきた。回復するまでの治療としては、徹底した休養とともに、三環系抗うつ薬と呼ばれる薬剤を用いる。以上が、古典的なうつ病の姿だった。

＃新しいうつ病と新しい抗うつ薬

ところが、しばらく前から、古典的うつ病にまでは至らない、軽症慢性のうつ病に、注目が集まるようになった。気分は沈んでいるものの、古典的うつ病ほどひどくはない。にもかかわらず、それが何年も続く。そういうタイプのうつ病だ。ある疫学調査によると、このような軽症慢性のうつ病患者は、全人口の一五％にのぼるとさえ、いわれている。（もちろん、この数字を鵜呑みには出来ないが。）

ここで登場したのが、選択的セロトニン再取り込み阻害薬（ＳＳＲＩ）と呼ばれる、一群の新しい抗うつ薬だった。うつ病患者の脳ではセロトニンという物質が減少しているという、単純な仮説がある。ただし、後に述べるように、この単純な仮説は、何ら証明されたものではない。それにもかかわらず、その仮説に依拠して開発されたＳＳＲＩは、投与対象を軽症うつ病に定めることにより、驚くほどの販売量を世界的に達成するようになった。

ＳＳＲＩの代表であるプロザック（日本では未発売）は、一時期、日本円換算で年商一〇〇〇億円以上を売り上げたと言われている。だが、プロザックを製造販売するイーライ・リリー社は、マーケット・リサーチを誤り、日本では販売しなかった。かわりに、他の複数のＳＳＲＩメーカーが日本へ進出し、売り上げを伸ばした。たとえば、グラクソ・スミス・クライン社は二〇〇五年度に一八六六億円の売り上げを達成したと言われるが、その主力商品はＳＳＲＩだった。

ＳＳＲＩの販売量が躍進し続けていた背景には、マスメディアによる熱狂的な報道があった。精神薬理学者の八木剛平は、ＮＨＫテレビによる「脳内薬品」「奇跡の薬」という報道を、その宣伝の片棒をかつぐ精神科医による本の上梓、および製薬企業に運営事務局を置く委員会によって行われた「うつ病性障害教育プログラム」の推進などとともに、日本での製薬資本による患者の掘り起こしとして指摘している。[*1]

疫学研究と製薬会社の利害にメディアによる報道が輪をかけて、ＳＳＲＩブームが過熱したことは確かだろう。しかし、より根底的には、米国や日本の新自由主義が人々に息苦しさをもたらし、それが疫学におけるうつ病の掘り起こしを産むとともに、製薬会社の市場展開を加速させていったことを、見逃すわけにはいかない。[*2]

現在、日本におけるＳＳＲＩブームは、やや下火になりつつあるようだ。その理由としては、米国の公的機関が、てのひらを返したように、ＳＳＲＩは軽症慢性うつ病には効かないと言いはじめたこと、英国政府が、医療費の高騰を抑える目的もあって、薬物療法よりも認知行動療法という簡便な方法を推奨し、それに日本の厚労省も飛びつきたがっていることなどが挙げられる。

以上を前提としつつも、ここからは政治－社会的文脈をいったん離れて、軽症慢性うつ病を有する人々（あるいはうつ病とさえいえない程度の人たちさえも）が、新しい抗うつ薬を求めてやまない心理－身体的構造について、考えることにしよう。

#抗うつ薬を食べる（1）

二〇〇五年八月に翻訳出版された、D・ヒーリーの『抗うつ薬の功罪』は、新しいうつ病の治療薬に関する、多くの不都合な事実を指摘した。その中には、既知の事実を再確認させる内容も含まれていたが、同時に、この本を読まなければ知りえなかった情報も記されていた。

たとえば、コロラド州コロンバイン高校銃乱射事件の犯人の一人は、新しい抗うつ薬の一種であるルボックスを服用していたこと。また、新しい抗うつ薬の代表であるプロザックを製造販売するリリー社の社長夫人は、その薬をしばらく飲んだ後に自殺したこと。これらは、精神科医にとっては、どちらかというと既知の事実だった。

他方で、未知の事実も含まれていた。プロザックの臨床実験においては、それが単独で用いられず、別の薬が併用されていたこと。精神薬理学の多くの論文が、ゴーストライターによって書かれていたこと、などだ。

著者であるヒーリーは、闇雲に薬剤を攻撃するエコロジストやサイエントロジストではない。それどころか、英国精神薬理学会事務局長などの経歴を持つ、生物学的精神医学の専門家だ。それだけに、この本においてなされた指摘には、十分な説得力があった。

＊1 「新薬開発をめぐる製薬企業・メディアと精神薬理・精神医学」（『精神医療』二八巻四八頁）

＊2 『新しいうつ病論』（高岡健）雲母書房

彼は、プロザックが軽症のうつ病を標的として開発販売されたにもかかわらず、軽症うつ病患者の自殺を、むしろ増加させたと述べている。そして、このような重大な事実が隠蔽されてしまったのは、重症うつ病患者の自殺率と比較するというデータ操作に基づくと、指摘している。

その上で、彼は、次のように述べる。

《私たち精神科医は、うつ病性障害を発見し治療するよう、プライマリケア医や心の健康に携わるほかの人々を説得するのに加担していた。私たちがそうしてきたのはうつ病キャンペーンの一環であり、うつ病キャンペーンの正当化の根拠は、うつ病の治療によって国民全体の自殺率が下がるという主張にあった。私たちがさかんに言いふらしている数字が適切でないことに誰かが気づいているようすはまったくなかった。》

私は、すでに二〇〇三年の自著（『新しいうつ病論』）で、新自由主義－疫学研究－製薬会社のトライアングルが、巨大な抗うつ薬市場を創出したと、指摘しておいた。つまり、自己責任の名の下に不断の競争を強いる社会が、うつ病概念の拡大を要請するとともに、その要請に応じた公衆衛生学者による統計が、薬品市場の拡大を求める企業の利害と一致するようにつくられていたという指摘だ。それらが、うつ病を有する人の数を増やし、抗うつ薬消費量の拡大を駆動していたのだ。だから、先に引用したヒーリーの記述に、私はさほど驚かされなかった。

ヒーリーの著書の中で私が注目したのは、むしろ次のような箇所だった。それは、「今日にいたるまで、うつ病でのセロトニン異常が証明されたことは一度もない」にもかかわらず、うつ病はセロトニンの低下によって引き起こされるという神話が蔓延しているという指摘だ。

たとえば、当時のゴア副大統領夫人は、自らのうつ病体験について、「脳はある量のセロトニンを必要としていて、それが足りなくなるとガソリンが切れたみたいになってしまう」と、新聞紙上で語ったという。また、別の新聞では、心理学者が「イギリスは低セロトニン国になった」と主張したという。さらに、もっと影響力の少ないメディアでは、セロトニン不足という「いんちき生物学用語」が、自分自身についての思春期の悩みや、学業不振、罪の見方までをも説明しようとしているという。

#抗うつ薬を食べる（2）

このような神話が蔓延するには、「それを人々が探していた」という根拠があるはずだと、ヒーリーは記している。だが、それが何であるかについてまでは、明言していない。ただ、次のように示唆しているだけだ。

《プロザックを支えている神話は、低くなったセロトニンレベルを正常に戻すという言い方で、プロザックに心の抗生物質の役割をふりあてている。だが実際の使われ方はむしろ、軽症の高血圧の治療に似ている。今日のベストセラー薬は、異常を正すものではなく、存在しうるリスクを減らすという、リアルというより、むしろヴァーチャルといっていい理由によって、長期にわたり――ときには死ぬまでずっと――処方される薬である。》

ヒーリーにとって、「ヴァーチャルといっていい理由」とは、もちろん、プロザックが自殺率を高めるにもかかわらずゴーストライターがそれを隠し続けたことを、直接的には指しているのだろう。また、アメリカやイギリスの、そして日本の現代社会が、人々に過度の重圧をもたらしているからだという、別の言い方も出来るかもしれない。

しかし、そうであるにしても、人々が新しい抗うつ薬を求めるには、個人の側に引き寄せた、より根底的な理由があるはずだ。そうでなければ、「プロザックを名指しで求める患者が列をなした」（ヒーリー）という現象が、生じるわけがないからだ。

その理由を探求するためには、迂回路を経由しなければならない。そして、その迂回路には、**回答されるべき三つの問い**が待ち受けている。

第一は、新しい抗うつ薬を服用することと、五輪選手がリスクを知りながら筋肉増強剤を用いることとは、本質的に同じだろうかという問いだ。皮膚の美容のために有効と信じて、ビタミンCのサプリメントを摂取することと、比較してもかまわない。これは、脳は他の身体部位（筋肉や皮膚）と同じかと問うことでもあるから、**狭義の身体論**へ通底するものだ。

第二は、自らの脳内セロトニンが減少しているという「神話」が崩れたなら、人は新しい抗うつ薬を求めなくなるのだろうか、という問いだ。あるいは、別の物質が減少しているという新たな「神話」が生まれたなら、人はその減少しているはずの物質を新たに追い求めるのだろうか、と言い換えることも出来る。これは、脳が臓器としての脳について思考するという意味では、**広義の身体論**に属するものといえる。

第三は、新しい抗うつ薬を求める行動と、アルコールや他の薬物を求める行動とのあいだに、何らかの違いがあるのか、という問いだ。もっと広く、恋人を求める行動と同じかと、言い換えてもいいだろう。このことは、さまざまな**依存の問題**を問うことでもある。（ちなみに、ここでは依存という言葉を、単に薬理学的身体依存の範囲にとどまらない、社会生活の中での精神的依存という意味にまで拡張して用いている。）

これら三つの問いに対する回答を終えた時、私たちは、人々が新しい抗うつ薬を求める、より根底的な理由を、個人の側に引き寄せて語ることが出来るようになるだろう。言い換えるなら、人間の身体はなぜ新しい抗うつ薬を食べ続けようとするのか、という自問への回答を、手にすることが出来るはずだ。

そういえば、ヒーリーの『抗うつ薬の功罪』の原題は、「プロザックを食べさせろ」（Let them eat Prozac）だった。私もかつて、新しい抗うつ薬を「齧る」という表現を用いたことがある。

もちろん、国家が、プロザックを強制的に食べさせている（Make them eat Prozac）わけでは、必ずしもない。かといって、人々が完全な自由意志で、新しい抗うつ薬を齧っているわけでもない。強制と自由意志とのあいだを架橋する構造の解明のためには、二つの接近方法がありうる。第一は、政治経済思想や経済社会編成の推移と現状を、大胆に剔抉する方法だ。第二は、個人の精神現象の仕組みと動きを、細心に描き出す方法だ。以下においては、主に後者を通じて、「身体はなぜ抗うつ薬を食べ続けるのか」という主題へと接近したい。

#筋肉増強剤の使用と同じか――狭義の身体論

新しい抗うつ薬を服用することと、五輪選手がリスクを知りながら筋肉増強剤を用いることは同じだろうか。あるいは、皮膚の美容のために有効と信じてビタミンCを摂取することと、同じといえるだろうか。この問題について考えるための補助線として、以下のような一対の状況を想定してみる。

1-a　あるビジネスマンが、両足の痛みを感じたために、鎮痛剤を服用した。

1-b　ある五輪選手が、ハードル競技の記録短縮のために、筋肉増強剤を用いた。

両者は同一の構造をもっているといえるのだろうか。それとも、何らかの差異があるというべきだろうか。また、差異があるとするなら、どの点においてだろうか。

まず、両者ともに、ある人間が何らかの目的を持って、自らの身体である足に、物質的な働きかけを講じていることに関しては、共通しているといえる。

しかし、1‐aのビジネスマンの場合には、痛みという知覚が介在しているのに対して、1‐bの五輪選手においては、少なくとも直接的には何らかの知覚を介しているようには見えない。(もちろん、他の選手に比し足が細く見えるとか、ハードルを跳ぶときに足が重く感じられるといった知覚はあるかもしれない。しかし、1‐bの五輪選手にとっては、記録さえ短縮できるなら、足が細くても重く感じられても、差し支えないはずだ。この意味において、筋肉増強剤の使用に関し、感覚は直接的には関与していないといえるだろう。)

あるいは、次のように指摘することができるかもしれない。1‐aの場合には、働きかけの対象としての両足はあくまで自己の内部にとどまっているが、1‐bにおいては、足を強化することが記録という外部へ開かれているように見える。

同様の例を挙げてみよう。

2‐a　ある主婦が、海で日焼けして赤く痛いために、クリーム製剤を肩に塗った。

2‐b　ある中学生が、そばかすを気にして、ビタミンC剤を内服した。

この一対の例でも、ある人間が何らかの目的を持って、自らの身体である皮膚に、物質的な働きかけを講じている点では共通している。また、２-ａの主婦の場合には、視覚と痛覚によって日焼けした肩が赤く痛いという把握がなされており、２-ｂの中学生においても、視覚によってそばかすが把握されているから、この点についても共通した構造があるといえる。

しかし、２-ａの場合には、働きかけの対象としての皮膚は、直接的には自己の範囲で完結するものだが、２-ｂにおいては、そばかすを消すことが、美容という他者からの視線へ開かれているように見える。（もちろん、２-ａの主婦も他者の視線を気にして肩にクリーム製剤を塗ったと、考えることが出来るかもしれない。しかし、他者の視線を遮断するだけの目的なら、洋服で肩を隠すことも出来る。したがって、ここでは、あくまで以前の自分の皮膚と現在の自分の皮膚とのあいだの違いを、クリーム製剤によって埋めようとする行為に本質があり、この意味において、２-ａの主婦の行為は、直接的には自己の内部で完結していると言うことが出来る。）

これらの例から、次のような結論が、暫定的に導き出される。人間が自らの身体に対して物質的に働きかける場合には、いくつかの経路がありうる。**第一は、知覚を介して、自己の内部で完結する行為**（１-ａ、２-ａ）であり、**第二は、同じく知覚を介しながら、他者へ開かれる行為**（２-ｂ）だ。そして、**第三に、知覚を介在させないまま、他者へ開かれる行為**（１-ｂ）がありうる。

〈自体識知〉と〈対象化識知〉(1)

このように考えてきたとき、私たちは、知覚を介するとは何か、また他者へ開かれる行為とは何を意味するのかといった、根源的疑問に直面することになる。このことについて、吉本隆明は、『心的現象論本論』において、**〈自体識知〉**と**〈対象化識知〉**という概念を導入している。

吉本の〈自体識知〉とは、胃や心臓や肺を、「胃が痛む」といった形で直接的に認知し、その像を形成することを指している。他方、〈対象化識知〉とは、胃や心臓や肺について流布されている概念・知識・解剖像などになぞらえて、「自分の胃や心臓はかくあるものだ」と把握することを指す。

吉本は、このような二重性が人間の身体像の起源をなすものと考え、次のように述べている。

《この〈自体識知〉と〈対象化識知〉の二重性は、もちろん、じぶんがじぶんの認識の座である〈身体〉を、自己把握するという(矛盾した)ばあいに、はじめて明瞭に露呈されるもので、はじめから、自己の外に、客観的に存在する事物にたいする把握では、明瞭におこらないことはいうまでもない。しかし、本来的に、この種のばあいに起ることは、〈自己が自己を自己の外におく〉という経路をともなうものだといいかえれば、対象がどのような状態にあるかということとはかかわりなく人間に固有なものだ、ということはできるだろう。》

すると、ここでいくつかの考えが思い浮かぶことになる。

まず、痛みの感覚は、視覚や聴覚に比べると、相対的に〈自体識知〉に向いていて、〈対象化識知〉に不向きなのではないか。また、等しく痛みの感覚であっても、胃や心臓や肺の痛みに比較して、足の筋肉や皮膚の表面に関する痛みは〈自体識知〉の度合いが相対的に弱く、反対に〈対象化識知〉の度合いが相対的に強くなりやすいのではないか。

なぜなら、胃や心臓などの内臓は肉眼で直接とらえることが出来ないがゆえに、自己の内臓と他者の内臓を対象化して直接的に比較することは出来ず、解剖やX線写真を用いない限りは、痛みを感じたときにだけ、その存在を知りうるに過ぎないからだ。それに対して、足の筋肉や皮膚の表面は、肉眼で形状を把握することが可能であり、特段の痛みを感じなくとも、そうしようと思えばいつでも、他者の筋肉や皮膚と比較して概念化することが出来る。

翻って私たちの例を考えるなら、**1 - aのビジネスマン**は、筋肉に固有の痛みを覚えている。この場合の痛みの生物学的構造は、電子顕微鏡的な精度で解像するか、または動物実験によって類似の現象を生起させでもしない限り、視覚化することはできない。言い換えれば、**ただ〈自体識知〉がなされているだけ**だ。

2 - aの主婦の場合も、肩の皮膚の痛み自体は視覚化できない。また、皮膚の赤みを視覚化することは出来るが、他者と比較しようとする意志が働いたときでない限り、その視覚化は普遍的なものではなく、ただ過去の自分が持っていた皮膚の色と比較されうるに過ぎない。したがって、**〈自体識知〉**が**〈対象化識知〉よりも優位**に立っていることは間違いない。

ところが、**2-bの中学生**の場合は、固有の内臓感覚ではなく、(おそらく鏡に映して把握される)視覚によって、そばかすをとらえている。そして、それを意志的にか意志以前の前意識としてかはともかく、他者と比較した上でそばかすが消えることを望んでいる。つまり、中学生のそばかすは、「顔の皮膚表面はかくあるものだ」という概念に基づいて、消去が望まれているのだ。したがって、**〈自体識知〉よりも〈対象化識知〉の方が優位**に立っているといってよい。

1-bの五輪選手の場合は、どうだろうか。彼にとっては、足が細くみえるという感覚や足が重く感じられるといった感覚は、付随的な意味しか持たない。つまり、「五輪(で優勝する)選手の足はかくあるべきだ」という概念のみが、彼にとっての中心的関心なのだ。したがって、この五輪選手においては、**ただ〈対象化識知〉のみが行われている**ということになる。

〈自体識知〉と〈対象化識知〉(2)

私たちは、**迂回路に待ち受ける第一の問いに対しての回答**へと、次第に近づいてきた。ここで、少しまとめておこう。

第一の経路(知覚を介して自己の内部で完結する行為=1-aのビジネスマン):〈自体識知〉のみが

行われた結果として、自分固有の身体に対する物質的働きかけがなされている姿。

第二の経路その一（知覚を介しながら他者へ開かれる行為＝２－ａの主婦）：〈自体識知〉と〈対象化識知〉の双方が行われたが、前者が優位であるため、自分固有の身体に対する物質的働きかけがなされている姿。

第二の経路その二（知覚を介しながら他者へ開かれる行為＝２－ｂの中学生）：〈自体識知〉と〈対象化識知〉の双方が行われたが、後者が優位であるため、概念化された普遍身体像を参照する形で、自分の身体に対する物質的働きかけがなされている姿。

第三の経路（知覚を介在させずに他者へ開かれる行為＝１－ｂの五輪選手）：〈対象化識知〉のみが行われた結果、概念化された普遍身体像を参照する形で、自分の身体に対する物質的働きかけがなされている姿。

それでは、ＳＳＲＩなどの新しい抗うつ薬を探し求める行為は、これらのどれに相当するのだろうか。

ある人が不安や抑うつを感じたために薬物を服用する場合、それは〈自体識知〉を介していると、考えることが出来るかもしれない。だが、不安や抑うつ自体は知覚ではなく、他者との関わりによって生じる精神現象だ。そして、その原因を脳という座に求めるとき、人が自らの脳を〈対象化識知〉によって把握していることは疑いない。たとえば、脳が化学的バランスを崩しているので、薬をのもうとする。この場合は、「かくあるべき」脳という〈対象化識知〉を介して、臓器としての自らの脳に働きかけようとしているということになる。

その限りでは、不安や抑うつを自覚した人間が新しい抗うつ薬を服用することと、五輪選手が筋肉増強剤を使用することとは、本質的に同じだと言える。なぜなら、不安や抑うつを感じているのは、優勝の可能性について思い悩んでいる五輪選手も同様だからだ。違いがあるとすれば、薬物を脳に対して用いるか、それとも足の筋肉に対して用いるかという点にしか過ぎない。

しかし、そのように断言するには、脳という臓器に対する識知が、内臓や筋肉や皮膚という臓器に対する識知と同じであることを、前提にする必要がある。そこで、私たちは、脳が臓器としての自らの脳について思考することに関しての、考察に移らざるをえないことになる。

#脳が脳について考える——広義の身体論

自らのうつ病体験について記された、『私は「うつ依存症」の女』（E・ワーツェル）の中に、次のような一節がある。

《プロザックの服用を決めてはじめて、私は診断を受けたのだった。薬の開発が病気の診断をもたらすことは、たしかに非論理的な経路とも思えるが、後から分かったことだが、精神病の分野では決して稀なことではないという。物質つまり医薬品が、症状の経過を決定するという、

まさしくマルクス主義的精神薬理学と言えるかもしれない。》

俗流唯物論者によれば、下部構造＝物質が上部構造＝観念を全て決定するとされる。薬剤つまり物質が、症状つまり観念を左右するというなら、精神薬理学者も薬剤を服用する自分も、俗流唯物論者に過ぎない。この皮肉とも自嘲ともとれる言葉は、考えるに値するものだ。

そこで、ワーツェルによるプロザックの服用体験を、もう少したどってみることにする。

彼女は、プロザックをのみはじめた後、かえって地獄のような苦しみに陥り衰弱したという。医師は、プロザックの効き目があらわれるまで頑張れと、強調した。彼女は、「アドレナリンが出てくるように、プロザックが効きだし…中略…この事態を乗りきれる力が湧いてきますように」と神に祈ったが、自殺願望は続いた。「自殺願望が、薬の副作用だとしても構わない。たとえうつ病が治ったとしても、機能不全の家庭と意味のない恋愛ばかりの、歯車が狂った生活にはもう耐えられない。そんな人生ならもういらない」と、彼女は思った。そして、実際に自殺を試みて入院させられた——。

先に引用したヒーリーの著書が指摘しているように、ワーツェルもまた、かえってプロザックにより自殺のおそれが高まっているようだ。それにしても、彼女が「アドレナリンが出てくるように」と祈っている事実には、単なる比喩でないとするなら、どんな根拠が含まれているのだろうか。

もちろん、ゴア元副大統領夫人のように、「脳はある量のセロトニンを必要としていて、それが足りなくなるとガソリンが切れたみたいになってしまう」と考え、祈ってみることには、なんら根拠はない。うつ病者の脳でセロトニンが低下しているという、単純な事実は存在しないからだ。それにもまして、プロザックがアドレナリンを増加させることにより、うつ病を改善させるという事実もない。

ここで、一つの例をあげてみよう。ある小説家は、衆議院選挙に立候補して選挙区の雪国を訪れたときの気持ちを、「アドレナリンが高まる」と表現した。小説家にしては凡庸な表現だが、アドレナリン分泌と精神高揚とを結びつける発想は、医学的に間違いではない。同時に、医学以外の眼からは、今日の社会に流通している常識的知識であり、慣用表現であるといってよい。

そこで、次のような対比を行ってみることにしよう。

3-a ある小説家が、興奮した自分の身体の中で、アドレナリンが分泌していると想像した。

3-b 元副大統領夫人が、気分が沈む自分の脳内では、きっとセロトニンが低下しているにちがいないと想像した。

医学的には、3-aは正しく、3-bは誤りだ。もっとも、そもそも想像する人間は、一般にアドレナリンやセロトニンの分泌量を測定することができない。にもかかわらず、なぜ、人間はアドレナリンやセロトニンの分泌について、想像するのだろうか。
その点について考えるために、次のような一本の補助線を引いてみることにする。

《私はたしかに想像のなかでは私の脳髄を客観として表象し、且つそうして私自身を私の脳髄から区別することができる。しかしこの区別立ては単に論理学的な区別立てまたはむしろ想像的な区別立てにすぎず、なんら実在的な区別立てではない。なぜかといえば私はそうだ、脳髄活動がなければ思惟することも区別することもできないからである。私が私自身をそれから区別する脳髄は単に思惟された脳髄または表象された脳髄にすぎず、現実的な脳髄ではない。》《しかし、思惟は私にとってはなんら脳髄作用ではなくて脳髄から区別された作用であり脳髄から独立な作用であるということからは、思惟がそれ自体においてもまたなんら脳髄作用でないということは出て来ない。そうだ、反対に、私にとってはまたは主観的には純粋に精神的な作用または純粋に非物質的な作用であるものは、それ自体においてはまたは客観的には物質的な作用すなわち感性的な作用なのである。（傍点は原著者）》（フォイエルバッハ『肉体と霊魂、肉と精神の二元論に抗して』）

吉本隆明をして「あっと驚かせた」という、フォイエルバッハの身体論だ。**第一に、私の脳とは現実の脳ではなく、思惟された脳であること。第二に、思惟は主観的には独立した心的作用だ**

が、客観的には物質的作用であること。畢竟、これら二つが、フォイエルバッハによる身体論の要諦にほかならない。

だから、3 - aの小説家が感じているアドレナリンの分泌は、現実のアドレナリンではなく、思惟されたアドレナリンだということになる。同様に、3 - bの元副大統領夫人が感じているセロトニンの分泌もまた、思惟された脳内セロトニンに過ぎない。たとえ、その思惟が、小説家や元大統領夫人の脳内物質と、不可分に生ずるものだとしてもだ。繰り返すなら、ある人が自らの脳内セロトニンが減少していると感じることは、実際にその人の脳内セロトニンが減少しているか否かという事実とは無関係に生じる、思惟にほかならない。

このように、ある脳内物質の増加や減少を思い浮かべることは、その人の脳内物質の活動とは独立した、任意の思惟活動だ。だから、脳内セロトニン減少説という「神話」が崩れたなら、人はSSRIを捨て、新たな「神話」を求める方向へと転じるだろう。以上が、**迂回路に待ち受けていた第二の問いへの回答**だ。

なお、ここで補足するなら、次のようなうつ病の極限例を想起することも出来る。

3 - c うつ病に罹患したある老婦人は、自分の脳は溶けてしまっているので、もはや生きていることも死ぬこともできないと、弱々しく語った。

このような症例は、旧くからコタール症候群と呼びならわされている。（コタール症候群は、先に記したとおりうつ病の極限例だから、軽症うつ病において出現することはない。ここでは、あくまで比較し推論するために呈示しているだけだ。）

コタール症候群の特徴である「脳が溶けて」しまったという陳述は、いうまでもなく妄想だ。仮に、現実的ではない信念をすべて妄想と定義するなら、3-bの元副大統領夫人が述べる脳内セロトニンの減少もまた、「脳が溶けてしまった」という3-cの老婦人の陳述と同様に、妄想ということになる。脳内セロトニン減少説が、実際には妄想と断定されにくいのは、ただセロトニンの減少という「神話」が、アメリカ社会の一部で、あたかも現実であるかのように流通しているから、という理由に基づいているに過ぎない。

#抗うつ薬を求める行動と他のものを求める行動

ここまでに私たちは、ＳＳＲＩなどの新しい抗うつ薬を求める行動は、任意の思惟活動にしか根拠を持たないと述べてきた。しかし、任意という限り、求める対象は必ずしも新しい抗うつ薬でなくてもよいのではないか。

この疑問について考えるために、さらに次のような場合を想定してみる。

4-a　一八歳の日本の女子高校生は、気分が良くなり勉強がはかどるようにと考え、SSRIの代表であるプロザックを、アメリカから個人輸入してのみ続けていた。

4-b　エリザベスにとってボーイフレンドは、当座しのぎの解決策であり、気分をよくするためにのむ薬のようなものだった。

4-aは日本の症例[*3]であり、4-bは先に引用したワーツェルの本における記述だ。

これらのいずれにおいても、自らの気分を改善させるために、何らかの対象が選択されていることがわかる。その対象は、一方ではプロザックであり、他方ではボーイフレンドであるというように異なっているが、対象への依存によって気分の改善を目指そうとしていることに違いはない。

違いがあるとするなら、4-aの女子高校生の選択対象がプロザックという物質であるのに対し、4-bのエリザベスの場合には、対象が必ずしも物質ではなく人間であってもいいことを示している、という点だけだ。

それでは、依存の対象に何を選ぶかは、全くの任意といっていいのだろうか。ここでも、フォイエルバッハを援用して補助線を引いてみることにする。

＊3 Hirata A, Takaoka K, Takata T. 1999, "SSRI Withdrawal Syndrome and the Internet." *International Medical Journal* 6, p.75.

《あらゆる人間たちが喜びのなかにあっては善良であり、悲しみのなかにあっては邪悪である。しかるに悲しみの源泉は、さてそれが自由意志による捨象であれ、自由意志によらない捨象であれ、諸感官の捨象である。》

《人間は彼の実存をもっぱら感性に負うている。理性や精神やはもろもろの書物を作るが、しかしいかなる人間たちをも作らない。もし理性や精神やが世界の主人であったとしたならば、そのときはせいぜい一組の人間、またはむしろただ抽象的な人間――性をもたない概念＝人間――が実存するだけであって、いかなる複数の人間たちも実存しなかっただろう。（傍点は原著者）》（前掲書）

文字通りに受け取るなら、フォイエルバッハは、自発的なものであれ強いられたものであれ、邪悪をもたらす悲しみから解放されるためには、「感官」に基づく「感性」を回復させるしかないと述べていることになる。だが、そのためにならば、さまざまな手段をとることが可能であるはずだ。アルコールや麻薬物質を摂取することも、出来るだろう。過食や性愛にさえ、脳内の薬理活性を高める働きがあることも、知られている。それらは、ＳＳＲＩの服用よりも、確実な効果を発揮するはずだ。実際に、それらの手段を用いている人も少なくない。

しかし、アルコール・麻薬・過食・性愛は、いずれも医学的・社会的に公認された、抗うつ手段ではない。なぜだろうか。すぐに考えられるのは、それらが病的依存を引き起こすとともに、非倫理的であるという理由だ。もっとも、それだけの理由なら、ＳＳＲＩもまた、国家によって認可されない限りは非合法であることに違いはないから、依存の対象としての抗うつ薬と他のものとの相違は、本質的には存在しないことになる。

そこで、さらにフォイエルバッハに従い、もう一本の補助線を引く必要性が生じる。

《しかし或る存在者の諸要素は、さてあなたがそれらの要素を唯物論者として諸アトムとして規定しようと、または観念論者として諸モナドとして規定しようと、または経験的心理学者として肉体および霊魂として規定しようと、まだ存在者自身ではない。悟性――少なくとも抽象的悟性――は諸事物の死であり、感官が諸事物の生命である。悟性は、ちょうど死が諸事物を諸事物の諸要素にバラバラにすると同じように、諸事物を諸事物の諸要素にバラバラにする。しかし、諸事物が現にある通りのものであるのは、単に諸事物の諸要素が諸感官の**同盟**のなかに取り入れられる限りのことにすぎない。（傍点は原著者）》（前掲書）

悲しみを悟性によって解放しようとすれば、個体は各要素に分解されて死に至るしかないが、感性によって解放しようとするなら、個体は統一性を回復する――そうフォイエルバッハは述べている。換言するなら、悲しみに対して、悟性によって従う方法と、感性によって抗う方法との、二通りがあるということだ。そして、抗うつ薬を齧り続けることも、またアルコール・麻薬・食物・性愛に依存することも、上述した二通りの方法に挟まれる帯域の、どこかに位置づけられることになる。

もし、ある人が〈対象化識知〉により、臓器としての自らの脳に対して物質的変化を引き起こそうと試みるなら、それは思惟作用すなわち悟性を通じた方法を採用していることを意味する。4‐aの女子高校生の場合がそうだ。この方法は、永遠にも見える悲しみを、必然のようにもたらす。たとえ、自らの脳における物質的変化が多少の気分の改善をもたらしたとしてもだ。なぜなら、そのとき人は、個体としての統一性を失って「諸要素にバラバラに」された臓器の一つである脳にSSRIが作用する姿を、思惟しているに過ぎないからだ。たとえば、女子高校生が「勉強がはかどるように」と考え臓器である脳に働きかけても、「勉強」は彼女の一要素を構成するに過ぎず、およそ人間の統一性と無縁であることは明らかといえよう。

一方、ある人が〈自体識知〉によって、臓器としての脳に働きかけるなら、それは感性を通じた方法を採用していることになる。4‐bのエリザベスの場合がそうだ。ただし、この方法は一瞬の喜びをもたらすけれども、永続することはありえない。なぜなら、人は自分のすべてを何ものかに委ねることができる限りにおいて自らの統一性を確かめることが出来るが、アルコール・麻薬・食物・性愛は、それらの作用が持続可能な時間の範囲でのみ、依存の対象となりうるに過ぎないからだ。つまり、それらは、エリザベスがいみじくも述べる通り、「当座しのぎの解決策」

にほかならない。

こうして、ＳＳＲＩなどの抗うつ薬（および「神話」として流通するあらゆる依存対象）と、アルコール・麻薬・食物・性愛（およびその他もろもろの経験的依存対象）との共通点および差異が、明らかになった。繰り返しをいとわず記すなら、対象への依存によって気分の改善を目指そうとする試みが、両者の共通点だ。他方、ＳＳＲＩなどの抗うつ薬は、個体としての統一性を断念させる力に悟性が永遠に従属する方法であり、アルコール・麻薬・食物・性愛は、その力に対して感性が一瞬においてだけ抗争する方法だという点が、両者の差異だ。

以上が、迂回路に待ち受けていた、**第三の問いに対する回答**にほかならない。

#抗うつ薬を食べ続ける理由

私たちは、不安や抑うつを自覚した人間による新しい抗うつ薬の服用が、「かくあるべき」脳という〈対象化識知〉を介して、普遍的な臓器としての脳に働きかけようとする行為であることを見てきた。同時に、脳内物質の増加や減少を思い浮かべることは、その人の脳内物質活動とは独立した、任意の思惟活動であることも確認してきた。その上で、〈対象化識知〉を介した思惟が、個体としての統一性を断念させる姿についても、議論をすすめてきた。

フーコーが『性の歴史』で述べたように、現代社会は、個体を「諸要素にバラバラにする」力に満ちている。すなわち、**生 - 権力**だ。生 - 権力は、**解剖 - 政治学と生 - 政治学**から成り立っている。

解剖 - 政治学とは、機械としての身体を規律によって管理することを指す。つまり、軍隊や学校や工場において、身体を調教し、適性を増大させ、管理システムへ組み込むことにほかならない。一方、生 - 政治学とは、人口全体を統計的手法により管理することを指す。つまり、出生率・有病率・死亡率の管理にほかならない。そして、これらのいずれもが国家規模の力によって統制されていて、その力を生 - 権力と呼ぶ。今日、生 - 権力を構成する、これら二つの政治学は、互いに不可分の関係にあるといってよい。

生 - 権力が個体を「諸要素にバラバラにする」過程は、具体的には、次のように描き出される。ある男性が、軽症うつ病に罹患したとしよう。もちろん、彼は、とつぜんウイルスが体内に忍び込んだかのように、うつ病を発症するわけではない。彼なりに築きあげてきた世界とのかかわりの様式が、それ以上は立ちいかなくなるような状況の変化に直面して、うつ病を発症するというほうが正しい。たとえば、彼は、幼少時からどんな小さなことでも母親に相談し、丁寧にやりとげる子どもだった。彼が成人期に達してほどなく母親は急死し、彼は口もきけないほど元気をなくした。その後、ある女性と知り合い元気を回復したが、その女性と口論した時には落ち込んで自殺をはかり、また普段は口にしないマリファナを吸う行動が見られた——というようにだ。

この男性は、母親や母親代理の女性に依存しながら、人生を構成してきた。そして、依存が不可能になるような状況に直面すると、彼はうつ状態を呈するに至った。そのとき彼の脳内を観察する何らかの手段があれば、多かれ少なかれ脳内物質の変化が認められただろう。ただし、脳内物質の変化は、彼のうつ病の原因というよりは、むしろ結果なのだ。

それにもかかわらず、現在においては、うつ病は、臓器としての脳の内部に生じた物質変化に起因する疾患だと、誤解される趨勢にある。そのような解剖‐政治学の立場によるなら、上記の男性はたえず脳内物質を「正常」化させ、気分と思考を自ら統制せねばならなくなる。現在、それは、唯物論者のアトムでもなければ観念論者のモナドでもなく、唯物論的観念論（ワーツェルのいうマルクス主義的精神薬理学）の分子（モリキュール）という装いをもって登場している。

加えて、疫学の統計数値は、うつ病者の人口を恣意的にはじきだし、その保護因子と危険因子を列挙するだろう。そのような生‐政治学によって、上記男性は、列挙された保護因子を強化し危険因子を除去するために、あたうかぎりの努力を払わざるをえなくなる。この男性が現在の社会の外部で暮らそうとする場合を除いて、彼は疫学の統計数値が示すガイドラインを金科玉条のように抱かなければ、自己責任としての健康管理を放棄した者として、指弾されるだろうからだ。ガイドラインには、ＳＳＲＩの服用を続けることが保護因子であり、中断することは危険因子だと記されている。こうして彼は、強いられた自発性とでもいうべきものに基づいて、ＳＳＲＩを服用することになるのだ。

すると、軽症うつ病を有する上記男性の身体とは臓器としての脳の別名であり、それは生‐権力によって統制される運命をたどるしかないのだろうか。それ以外の道筋はないと彼が考え従うとき、彼が「ばりばり」と齧るSSRIの音が聞こえてくる。彼の考えの中には、身体が抗うつ薬を食べ続ける理由としての、諦念があるかのようだ。

しかし、この音は、生‐権力に対するかすかな抵抗かもしれない。なぜなら、その音を彼自身や彼に近しい他者が細心の注意を払って聴き、受け止めることによって、彼という存在の全体が浮かび上がってくる可能性があるからだ。たとえ口腔の筋群と歯牙によって生じる音であっても、その音は臓器に分解された筋肉や歯を超えた、彼の存在が直面する苦悩の全体を指し示しているといえる。

軽症うつ病を人生に繰り込み超えていく道筋は、何者かが耳を澄ませてこの音を聴き取る中にしか、出現することはないだろう。聴き取る者は自分自身であってもいいし、他者であってもかまわない。いずれであったとしても、この音を自分自身が、あるいは近しい他者が聴取しえたとき、はじめて彼は、解剖‐政治学と生‐政治学のガイドラインに従わない資格を、手に入れることが出来るようになるのだ。

その権利を抱いて彼がどこへ向かうかは、彼と彼自身の〈関係〉、あるいは彼と近しい他者との〈関係〉によって、規定されるだろう。**アトムでもモナドでも分子でもない、〈関係〉が規定する領野を進むために必要な最初の道程を、彼は歩み始めた**のだ。

（初出：「身体はなぜ抗うつ薬を食べ続けるのか」石川准編『身体をめぐるレッスン3』岩波書店）

第3章　行動の構造論

——吉本隆明「メルロオ＝ポンティの哲学について」「行動の内部構造」

あの人は行動力があるとか、逆に行動力に欠ける人だといった言葉が、日常的に用いられる。では、そもそも行動とは何だろうか。多くの医学教科書に記されている行動の中味を、私なりに示してみるなら、図のようになる。

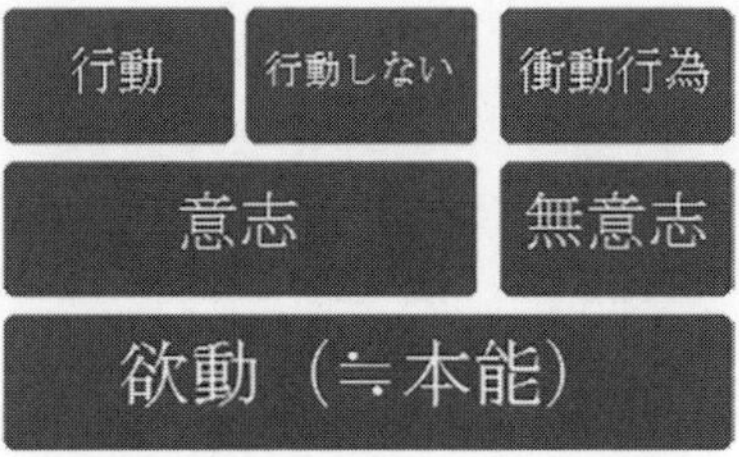

図　医学教科書に記されている行動

教科書によって微細な違いはあっても、最大公約数を示せば、およそこんなところであろう。

一番下の〈欲動〉ないし〈本能〉とは、生物としての人間に深くかかわる部分で、たとえば睡眠・食欲・性欲といったものを指している。

その上に立って、〈意志〉が働いている。欲動や本能の赴くままに行動するとまずいことも多いから、行動して良いか悪いかを、意志でコントロールする。「意志が強い人」だとか、「意志薄弱」だとかいった言葉があるが、それは欲動や本能をコントロールできるかどうかというほどの意味だ。

他方で、〈無意志〉に基づく行動もあるとされている。たとえば、びっくりするような出来事があって、思わず「へたりこんでしまった」ような場合だ。決して意志によって「へたりこもう」としたわけではないから、〈無意志〉とでもいうしかない。

あるいは、配偶者間暴力（ＤＶ）の被害にあっていた女性が、何か決定的な一言を投げかけられて、それを契機に無我夢中で相手を刺してしまうような場合もある。衝動行為と呼ばれ、たいてい記憶の欠損が著しい。これも、意志というよりは〈無意志〉だ。

伝統的に医学教育で使われている行動に関しては、以上のような説明がすべてだと言っていい。

三つの疑問点

ここで直ちに湧いてくる疑問点が、少なくとも三つある。
一番目は、欲動というものの本質は何かという点だ。欲動は本能とほぼ同じなので、生物としての人間に根差しているのだろうということは想像がつくが、生物のどの部分に根拠があるのかについては、わからないままだ。
二番目の疑問は、先の図の左のほうが価値が高く、右のほうが価値が低いのかという点だ。つまり、欲動を意志でコントロールした行動にこそ価値があり、意志の働かない衝動行為は最も価値に乏しいのかという疑問にほかならない。
三番目に、この図は単に個人内部の仕組みを説明しているだけであり、社会関係を全く考慮していないのではないかという疑問だ。人間は、ロビンソン・クルーソーのように一人だけで生きていくことはできないし、ロビンソン・クルーソーですら、少なくとも生まれてからしばらくは親がいたはずだ。つまり、一人だけで行動が成り立っているはずがないという、根底的な疑問である。

#いわゆる「強度行動障害」

ところで、「強度行動障害」という言葉がある。医学用語というよりは行政用語だ。たとえば、知的障害（知的発達症という言葉に置き換えられつつある）と自閉スペクトラム症を持っている人が、環境の急激な変化に出会うと、自分の頭を激しく壁に打ちつけて、血を流すといった行動を繰り返すことがある。そういう場合を指して、強度行動障害と呼ぶ。

例として、行政が用いる判断基準に書かれている行動をみるなら、次のようなものが含まれていることがわかる。すなわち、ひどい自傷、強い他傷。激しいこだわり、激しい物壊し。そして、睡眠の大きな乱れ、食事関係の強い障害、排泄関係の強い障害。さらに、著しい多動、著しい騒がしさ。パニックで指導困難、粗暴で恐怖感を与え指導困難などだ。

また、別の基準には、次のような行動が含まれている。食べられない物を口に入れる、多動または行動の停止、パニックや不安定な行動。それから、自分の体を叩いたり傷つける、叩いたり蹴ったり器物を壊したり、他人に突然抱きついたり、断りもなく物を持ってくる。環境の変化により突発的に通常と違う声を出す、突然走っていなくなるといった突発的行動。あるいは、過食・反すう等の食事に関する行動、てんかん発作などだ。

これらの例をみても、先に挙げた三つの疑問点は解決されない。欲動の根拠に相当するものは見えてこないし、意志に基づいて行動できないことがすなわち「障害」であるかのような錯覚が生じる。そして、ほんとうは他者との関係や環境からの影響を考えないといけないのに、個人の行動としてとらえられてしまう。

それでも、よく見ると、列挙されている行動には二つの系列のものが含まれていることがわかる。つまり、内臓の動きが中心になっているような行動と、筋肉の動きが中心になっている行動の、二つだ。睡眠の大きな乱れだとか、食事関係の強い障害だとか、排泄関係の強い障害だとかは、内臓の部分に力点がある。それに対し、他のものは、殴ったり傷つけたりということだから、筋肉のほうに力点が置かれているといえる。

#内臓感覚と行動

内臓の系列と筋肉の系列という見方を手掛かりにして、さきほどの三つの疑問を解いていくことは出来ないだろうか。

解剖学者の三木成夫による『内臓とこころ』という本には、次のような内容が書かれている。この後で引用する吉本隆明の本が三木の本の影響を受けて書かれているため、そこから私はその本を知ったのだが、そこに書かれている学術的事実そのものは、私が学生時代の医学教育で受けたものと同じで、必ずしも斬新というわけではない。しかし、「うちの解剖学や発生学の先生は、こんな見方を話してはくれなかったな」という、感想を抱くことはある。つまり、書いてある事実そのものは、医学教育の初歩で学んだことだが、視点に関しては、「こういう捉え方があるんだな」と、感動するところが少なくない。

具体的には、内臓感覚、内臓不快、内臓波動（性と食の宇宙リズム）というような内容を、述べている箇所だ。内臓には、胃だとか腸だけではなくて、腎臓だとか喉ぼとけなども含まれる。それらは、もともとは一つの管だった。そして、一つの管から喉ぼとけや胃袋へと分かれていくのだが、そこには快や不快やリズムがあって、それこそが生命の中心である。対する筋肉のほうはどうかというと、それは脳で支配されているのであり、付属品であって中心ではない。三木の言葉でいうなら、「脳が体壁系の中枢であれば、心臓は内臓系の中心」「生命の主人公は、あくまでも性と食を営む内臓系で、感覚と運動にたずさわる体壁系は、文字通り手足に過ぎない」ということだ。

だとすると、欲動は内臓に根差していると考えるべきではないか。意志には脳が関係しているのだろうが、欲動は内臓の快、不快、リズムを基盤に持っているのではないか。そう考えると、さきほどの**一番目**の疑問が氷解する。

せっかくなので、『内臓とこころ』の続きの部分を引用しておこう。

《ルートヴィヒ・クラーゲスという、ドイツの哲学者は、幼児が「アー」と声を出しながら、遠くのものを指さす——この動作こそ人間を動物から区別する、最初の標識だといっています。…中略…クラーゲスは、この呼吸音（＝「ワンワン」「ニャンニャン」など・引用者註）を伴う指差し動作のなかに、じつは、最初の人類の、〝思考〟の姿があるのだといっています。すごい眼力ですね。…中略…人間の声は、〝のどぼとけ〟…中略…から、ありとあらゆる言葉が生まれるのです。…中略…「鰓腸」だと申しましたが、要するに、腸管の最前端部です。…中略…〝はらわたの声〟…中略…すぐれた言葉の形成は、豊かな内臓の感受性から生まれるというものです。》

あくまで内臓を基盤にして、声や指さしが出現するということだ。この声と指さしから、「あなた」とのかかわり、「わたし」とのかかわり、そして「世界」とのかかわりが芽生える。

＃行動の構造（1）

これらのうち、「わたし」とのかかわりは、自閉スペクトラム症に伴う同一性保持の話へとつながる。（同一性保持とは、常同症とも呼ばれ、手をひらひらさせる、ぴょんぴょん跳びはねるなどの同じ動作を、繰り返すことをいい、自閉スペクトラム症の特徴である。）

常同症に関し、吉本隆明の「メルロオ＝ポンティの哲学について」には、次のような箇所がある。

《常同症的な行動というのは環界にたいする適応が難しかったり、環界にたいして心的に閉ざされたりしてしまった〈個体〉がもっとも経済的な楽な状態を保つために繰り返してしまう行動であるとかんがえられている。けれど本来的には身体がもっとも心的な世界をじぶんから解放したいために行動を起こすのが常同的な行動なのだ。》（『詩的乾坤』）

わかりにくい言い回しかもしれないが、自閉スペクトラム症を有する人たちが、手をひらひらさせたり、ぴょんぴょん跳びはねるのは、どんなときかを思い起こしてみれば、わかりやすくなる。一つは、暇なとき。もう一つは、環境がとつぜん変わったとき、つまり、予定が急に変わったり、場所が急に変更されたりといった場合だ。

そういうときに、自分と自分とのあいだの折り合いをどうやってつけるか。内臓のリズムが自然に働いて折り合えれば一番いいのだが、そうでないと無理やりにでも自分の中にリズムをつくりださねばならない。そこで、繰り返しの動作、たとえばひらひら手を動かすとか、ぴょんぴょん跳びはねるとかの動作によって、リズムを補おうとする。つまり、乱れた内臓のリズムを、筋肉のリズムで補おうとする力が働いている。これは、一種の自分と自分とのあいだの折り合いにほかならない。（この点については、後でもう一度、説明することになる。）

#行動の構造（2）

「メルロオ＝ポンティの哲学について」の続きを読んでみよう。

《人間的な〈行動〉の最初の形態は、けっして身体の反射行動ではない。…中略…わたしのかんがえでは、人間のもっとも初原的な〈行動〉の形態は、身体が行動しないことである。（傍点は原著者）》（前掲書）

これは、さきほどの**二番目**の疑問に対する回答になっている。先の表でいえば、左のほうが価値が高いわけではない。真ん中の「行動しない」というところが、いちばん価値が高いということだ。

条件反射のような衝動行為が人間の行動の出発点かというと、それは違う。欲動に根差して、意志が働いて、しかも行動しないというところが、人間の行動の本質だと、吉本は述べている。なぜかというと、意志が働いて行動しないときには、「あれをやろうかこれをやろうか」、「あれも面白そうだこれも面白そうだ」というふうに、種々の対象との関係が、理論上は無限の組み合わせで出現しているからだ。そのことを、もう少し説明してみる。

コーヒーを飲むのもいい、紅茶を飲むのもいい、それから誰かと一緒にペットボトルの飲み物を買いに行くのもいい。そこで、いろいろ迷った末に、何の行動もしないという結果になったとしたら、種々の対象とのつながりが、そのまま残ることになる。逆に、「コーヒーにしよう」と決めてしまうと、残りのつながりは捨てられるしかない。だから、つながりこそが価値だという視点に立つ限り、行動しないことがいちばん価値が高いということになる。

#行動の構造(3)

ここから、**三番目**の問いに対する回答へと、少しずつ進んでいくことが出来る。吉本隆明の「行動の内部構造」には、次のように記された箇所がある。

《そこですべての人間的な〈行動〉は次のように類型化することができる。

（1）心的な〈行動〉だけがあって、身体的な〈行動〉を伴わないもの（価値的行動）。
（2）心的な〈行動〉があって、身体的な〈行動〉を伴うもの（価値的-意味的行動）。
（3）身体的な〈行動〉に伴って〔心的な・引用者註〕〈行動〉があるもの（意味的-価値的行動）。
（4）身体的な〈行動〉があって心的な〈行動〉を伴わないもの（意味的行動）。

価値的行動では〈行動〉が現実の〈場〉と一義的な関係をもたず、そこに予想されるものは、いつも〈場〉との多義的な関係である。》
《人間の〈行動〉の〈場〉は、どのように抽象化しても〈個体〉の〈場〉と〈個体〉と他の〈個体〉とが関係づけられる〈場〉と〈共同性〉の〈場〉…中略…これら三つの基軸の重層化した構造として存在している。》（前掲書）

吉本にしたがうなら、（1）は多義的な関係を残しているから、最も価値が高いことになる。（2）は一つだけを選んだために残りの可能性が消える場合だから、価値は（1）の何分の一かに減ってしまう。（3）は、考える前に行動してしまい、理屈は後からついてくるタイプだから——私などはこの手の行動が多いが——、あまり価値の高い行動スタイルではない。そして、（4）は、いわゆる衝動行為だ。

これらをまとめて、吉本は、「価値的行動では〈行動〉が現実の〈場〉と一義的な関係をもたず、そこに予想されるものは、いつも〈場〉との多義的な関係である」と言っているのである。

では、「〈個体〉の〈場〉」「〈個体〉と他の〈個体〉とが関係づけられる〈場〉」「〈共同性〉の〈場〉」とは、いったい何なのか。行動を考える場合には、「わたし」とのかかわり、「あなた」とのかかわり、そして「世界」とのかかわりの三つを想定する必要があるということにほかならない。それぞれについて、以下に少しずつ考えていくことにしよう。

＃「わたし」と「わたし」との場

最初に、「わたし」と「わたし」とのかかわりの場を考えてみる。

『自閉症だったわたしへ』という本で有名になった、ドナ・ウィリアムズという女性がいる（二〇一七年に癌のため死亡）。自閉スペクトラム症を有し、かつ虐待を受けて育った人だ。彼女の本には、附録のような形で、自分のさまざまな行動について、彼女自身がどう考えているかを、記した部分がある。試みに、そこからいくつかの行動を拾いだしてみる。

《体を揺らすこと、自分の手を握ること、頭を打ちつけること、物をたたくこと、自分の顎をたたくこと
自分を解放してやすらぎを得るため。そうして内面にたまった不安や緊張を緩和し、恐怖を

やわらげる。動きが激しいほど、闘っている不安や緊張も強い。（太字は原著者、以下同）》

先に、常同行動は心的な世界を自分から解放したいために起きるという、吉本の考え方を引用したが、それと通じる部分だ。何らかの事情で「世界」から追いつめられていたり、あるいは「あなた」とうまくいかなかったりすれば、「わたし」を支えるために、このように行動せざるをえない場合がある。外から見ると行動の障害というふうに映るが、体をゆすり、頭を打ちつけ、叩くことで、何とか内臓のリズムを解放させようとしているのだ。

《**頭を打ちつけること**

普通なら歌が気持ちを落ち着かせてくれるのだが、その歌も口ずさめず、催眠術のようなメロディーを繰り返すこともできないほどに、心が金切り声を上げている時、その緊張と戦い、頭に物理的なリズムを与えるために行う。》

「金切り声」だから、喉だ。つまり、管の一番上の内臓にほかならない。そこが、金切り声を上げている。普段なら音楽でいいが、それでもダメなくらいに金切り声を上げていると、「わたし」を落ち着かせるためには、もはや頭を打ちつけることによってリズムを補うしかないと言っている。

ここまでは、主に「わたし」と「わたし」との関係が反映されている例についての話だったが、次のような例では、「わたし」と「あなた」との関係が主題になっている。（より正確には、「わたし」を守るために、「わたし」と「あなた」との関係を扱っていると言った方がいいだろう。）

《紙を破くこと

近しさや親しさからくる脅威を払いのけようとする、象徴的な行為。つまり、恐怖感をやわらげるために他人から切り離されたいという意識を、象徴的に表している。また逆に、人と別れねばならない時にも、よく紙を破いた。別れによって心の中に穴が開いてしまわないよう、紙を自分とその人との関係に見立てて、先に自分から破くのである。》

もう嫌だ離れたいというときと、離れるのは辛いというときと、相反するような二つの場合のいずれにおいても、紙を破くということを言っている。どちらも、「あなた」との関係を紙に置き換え、先回りして破り去るという点では共通している。

さて、次の例も「わたし」と「あなた」との関係が主題になっているが、それだけではなく、「わたし」自身や「世界」との関係に悩み躓いているときにも生ずる行動だと考えられる。

《ガラスを割ること

自分と他人との間にそびえる目に見えない壁を打ち砕こうとする、象徴的な行為。あるいはそれは、意識と無意識の間にそびえる壁だったのかもしれない。》

「目に見えない壁」は、「わたし」と「あなた」との間に立ちはだかっている場合が多いだろうが、ときには「世界」とのあいだにそびえていることもあるだろう。また、「わたし」と「わたし」とのあいだの壁ということも、ありうる話だ。いずれにしても、そういう場合には、目に見えない壁の代わりに実在のガラスを割って、関係を回復しようとするということだ。

次に引用する例も、主に「わたし」と「あなた」との関係が主題になっているが、究極的には、やはり「わたし」を守ることが目的になっていると考えられる。

《自分を傷つけること、他の人をとまどわせるような行為をわざとすること

自分、あるいは他人が、どの程度現実のものであるのか試そうとしている。自分の感覚や感情は、心のチェックポイントのような所ですべてせき止められてしまうので、他人と深い交流を持つことができず、他人の感情を直接感じることもできない。そのため、人が実際に本当に存在しているのかと疑ってみたくなることが、よくあるのだ。》

わざと試されていると思うと、試されているほうは試している人に対して、腹を立てることになる。しかし、「心のチェックポイント」でせき止められた感情を確認するためだと説明されれば、なるほどという気になる。つまり、自分を世話してくれている誰々さんがいることはわかっているけれど、自分がその人とつながっているとは感じられないときに、わざと相手を戸惑わせて、相手が戸惑ったら、ああやっぱり大事な人はそこにいるんだと感じられる。そういう心理を、ドナは説明しているのだ。

附記するなら、「自分を傷つけること」の代表はリストカットだが、それは、「わたし」が確かに存在していると感じられないときに、「わたし」と「わたし」とのあいだで生を確認するためにとる行動だ。血がにじんでいるのをみて、はじめて生きていると実感できる。それと同じことが「あなた」とのあいだで起きると、「試し」のような行動になるのだ。

ほかにも、ドナは、次のような興味深い例を挙げている。

《その他のこと

…中略…またわたしに話を聞かせるには、わたしのことか、私に似た人のことを、大きな声でひとりごとを言うように話してくだされぱいい。するとわたしは、そのようなことなら自分にも話せることがある、という気持ちになってくる。この時接触は間接的な方がいいわけで、たとえば話しながら窓の外などを眺めていてくだされば、申し分ない。》

落ちつかせようと思って、支援者が面と向かって話しかけると、話しかけられたほうは問い詰められているような気持に陥る。しかし、たとえば二人が横に並んで、同じ方向を見ながら独りごとをつぶやくように話すと、ゆとりをもって答えられる。これは実感に基づいた提案だろう。「わたし」と「あなた」との関係、あるいは「わたし」と「世界」との関係ではあるけれども、イメージとしては個人連合のような、上下関係がない、支配被支配の関係がない、「わたし」の連合体のような関係を表していると考えられる。

このように、ドナの話は、総じて「わたし」と「わたし」との関係が中心になっている。一部に「わたし」と「あなた」との関係や、「わたし」と「世界」との関係が含まれているが、そこにもまた「あなた」からどうやって「わたし」を守るか、あるいは「世界」からどうやって「わたし」を守るかが書かれていると考えて間違いない。

#「わたし」と「あなた」との場

次に、「わたし」と「あなた」との関係について、考えを進めていくことにしよう。

以下に引用する、リッヒェベッヒャーという人が書いた『ザビーナ・シュピールラインの悲劇』という本には、「あなた」との場における行動が、数多く描かれている。（ザビーナとは、C・G・ユングの第一号患者で、『危険なメソッド』という映画にも出てくる女性だ。）

ロシアからスイスにやってきたザビーナは、当時の言葉でいうヒステリーに罹患し、今日の行政用語でいう強度行動障害のような振る舞いに及ぶ。暴れたり、混乱して汚い言葉を発したりといった状態に陥り、ブルクヘルツリという精神病院に入院する。彼女を担当したのがユングで、その後、ユングとザビーナは恋愛関係になって、ぬきさしならない状況へと至る。『ザビーナ・シュピールラインの悲劇』には、ユングの書いたカルテが引用されているので、そこを抜き出してみる。

《五分で部屋から出ていきなさいと患者は看護人に要求した（患者は危機的な状況をつくり出し、新入りの看護人を困らせようとしたのだと思われる）。看護人は笑いながら、「それはできません」と答え、ベッドのところまで行きますよ、と告げた。これに対して患者は「そうしたら私は自殺します」と言い、突然カーテンのひもを引きちぎった。看護人がひもをもぎ取ろうとすると、患者は看護人が持っていた時計を床に投げつけ、レモネードを部屋中にまき散らし、寝具を引きちぎり、それからひじ掛け椅子の上に置かれていた毛布にくるまった。記録者が行くと、彼女は静かに、そしてありのままにいきさつについて語り、完全に落ち着いた状態でベッドに横になった。（括弧の中は、ユングによる注釈）》

引用中、患者というのはザビーナで、記録者というのはユングを指している。ザビーナは、看護人が相手だと困らせるような乱暴な行動をとり、恋愛感情をもっているユングが相手だと静かに話すというように、人によって言動を使い分けている。

その背景には欲動の部分、つまり内臓リズムの乱れがある。そして、その乱れに根本的な影響を及ぼしているのは、ザビーナが育ったロシアでの家庭事情であろう。母親が病気であったとか、父親が社会的地位の高い人だったということで、ザビーナに対し、うまく愛情が供給されていなかった。そのぶんだけ、ザビーナにとっては、「あなた」との場が、「わたし」や「世界」との場と比べて不足していた。それを補おうとして、こういう行動が生じていると考えられるのだ。

余談だが、その後のザビーナは、戦争の渦中で非常に苦労しながらも、児童精神科医になる。そして、祖国ロシアへ帰っていく。しかし、当時のロシア＝ソビエトはスターリン体制だったため、帰国当初はちやほやされたものの、すぐに手のひらを返したように弾圧されて、不幸な死に方をする。そういう波乱万丈の人生を、彼女は送ることになる――。

これは、古典的ヒステリーの事例だが、他の疾患を有する人の場合でも、「あなた」との場に齟齬が生じれば、同じような状態が合併することはいうまでもない。たとえば、支援者とのあいだで混乱した行動が生じたとする。そういうときには、熱心な支援者であればあるほど、「あなた」との場における欠落を補おうとして、一心不乱に関わることになりがちだ。すると、ザビーナにとってのユングのように、恋愛関係になるか配偶者にでもならない限り、付き合い続けることが出来ないといった事態に直面してしまう。

ほんとうは「あなた」との関係になりうるようなスタッフが複数いて、その複数が入れ替え可能であるようなチームワークが要求されるのだが、そうするには高度な技能が必要だ。ザビーナのように相手によって使い分けられると、たいへんな苦労がスタッフ側に生じる。そういう場合は、スタッフミーティングの数をかなり増やして、こまめに情報交換を行っていくしか手がない。

＃「わたし」と「世界」との場

ここから、「わたし」と「世界」との関係の話に移る。

一九世紀ロシアの小説家ガルシンの代表作に、『赤い花』という作品がある。ガルシンは精神病を持っていたから、これは自分の体験に基づいて書かれた小説だといわれている。

一九世紀は、まだ統合失調症や躁うつ病に代表される、近代精神医学の概念が未確立の時代だったが、ガルシンの病気は、『赤い花』の主人公と同じであったとすれば、今でいう非定型精神病だったと考えられる。（私の勤めていた病院の先輩医師が、そういう学術論文を書いている。）

非定型精神病は、統合失調症のような幻覚や妄想があっても体系的ではなく、非常に断片的で、急激に悪くなるけれども、急激に良くなる疾患だ。ただ、良くならずに命を落とす場合も、稀にはある。今日でも、悪性症候群といって、薬の副作用で大量発汗がおこるとともに、筋肉ががちがちに固まり、高熱を出して死亡することさえある状態がみられるが、薬のない時代にも同じような症状が出現する場合があった。それは致死性緊張病と呼ばれていて、非定型精神病の一種だ。どうして、そういう状態が出現するのか。まず、「世界」の場（たとえば職場や学校）でうまくいかないと、「あなた」との場（つまり家庭）へ、いったん撤収せざるをえない。そこでもうまくいかないと、「わたし」の身体の方まで撤収せざるをえない。そこでもうまく休めないと身体が空回りして、発熱、発汗、筋強剛から、最悪の場合には死に至るような身体症状が出現することになる。つまり、内臓と筋肉の両方が、お互いを巻き込みながら、生命を失う方向へ落下していくのだ。私は、そういう学術論文を、いくつか書いたことがある。

ここで、『赤い花』の一節を読んでみよう。

《朝になると、助手は息もたえだえの彼を見出した。がそれにも拘らず、暫くすると興奮の力の方がうち克って、彼は寝床から跳び起き、相変らず病院じゅうを駈けずり廻って、今までにないほどの声高と脈絡の無さとで、患者達と話をしたり独り言をいったりした。医師は、体重が日ましに減って行くのに、彼が相変わらず一睡もせずに絶えず歩き廻っているのを見て、多量のモルヒネの皮下注射を命じた。》

助手というのは、看護助手のことであろう。おそらく、給料や社会的地位が高くなかった職業だったせいなのだろう、翻訳では「ウクライナ人（トサカ頭）」と書いてある。そういう助手を使って、何とか押さえこもうとしたけれど、うまくいかなかったというシーンだ。患者は、赤い花を悪の象徴だと思い込んでいる。おそらく芥子の花からとれる麻薬か何かを連想して、赤い花をむしりとらないと「世界」が滅びると信じこんでいるのだ。

病院の庭には、たまたま赤い花が咲いていて、患者はそれを見つけ、花をむしりとろうとするが、自由に庭に出ることは許されていない。すきをみて庭に出ようとしても、看護助手に押さえつけられてしまう。それでも出られないかと思って、食事も睡眠もとらずに興奮しながら歩き回り、衰弱する。ついに、彼は、何とか赤い花を摘み取って懐の中に入れるが、結局は死んでしまう。おそらく、熱を出して身体が固まるといった、致死性緊張病の状態だったのだろう。

こういう状態は、やはり「世界」との関わりが問題になっているからこそ、生じるというしかない。まず、「世界」を滅ぼすような悪の象徴として、赤い花を見出す背景には、仕事に関連してなのか政治に関連してなのかはわからないものの、何らかの集団や社会との齟齬があるはずだ。そのため、たとえば花から採れる麻薬で「世界」が滅んでしまうように信じ込み、混乱した行動をとってしまう。そして、精神病院へ入れられてしまう。当時の精神病院は家族から隔絶された場所だから、「あなた」との場である家族領域へ撤収しようとしても、不可能だ。だから、家族を通り越して、「わたし」の身体にまで撤収せざるをえない。そこでの混乱が、体重減少や睡眠障害であり、究極的には身体的死までがもたらされるのである。

附記するなら、知的発達症や自閉スペクトラム症を有する人たちの中にも、こういう非定型精神病を合併している人は、決して少なくない。学術論文の形で報告された事例の数は多くはないが、それでも注意深く探すと、いくつか見つけることができる。

以上をまとめるなら、行動の原点は、筋肉ではなく内臓にあるということが、第一に明瞭になってくる。そして第二に、内臓から筋肉への連結が問題になる場合には、「わたし」「あなた」「世界」という、三つの場を考えねばならないことも、もはや明らかといえよう。

（初出：「行動の構造論」『ＥＰＯブックレット』No.10）

第4章　自閉スペクトラム症論
——ドナ・ウィリアムズと『心的現象論序説』

　自閉スペクトラム症を主題にした映画が散見されるようになった。もっとも、たいていは善意の塊のような映画だ。文部科学省あたりが推薦を出したくてしかたないと思われる作品が多く、私はどこかで異和を感じる。その異和は、主に自閉スペクトラム症を有する人々を異星人に喩える方法、すなわち「**エイリアンの隠喩**」に由来している。

　たとえば、『シンプル・シモン』（アンドレアス・エーマン監督）というスウェーデン映画がある。その映画では、アスペルガー症候群[*1]を有するシモンにとって、最も安心できる場所は、宇宙船に見立てたドラム缶の中だとされている。また、『そばにいるよ！』（床波ヒロ子監督）という日本映画では、監督が撮る被写体は車椅子に乗った別の監督で、その別の監督が撮影しているのは『星の国から孫ふたり』（米国バークレーにおける自閉症の早期発見・早期療育をたたえた門野晴子の同名本の映画化）だ。つまり、宇宙船に乗ってやってきた、あるいは異星からやってきたという隠喩にほかならない。

　このようなエイリアンの隠喩は、この間、急速に主張されるようになった文化多様性（私も主

＊1　自閉スペクトラム症に含まれる診断名だったが、今はあまり使われなくなった。

張したことがある）という考え方と、同一の位相にあるのだろうか。ここが、自問の出発点だ。

#文化多様性

前提として、文化多様性について整理しておくことにする。

まず、自閉スペクトラム症などの非定型発達と凡人すなわち定型発達との違いは、異常か正常かという違いではない。異常－正常ではなく、肌の色の違いなどと同じだから、ともに尊重されなければならないという考え方が、**多様性発達**（neurodiversity）だ。非定型発達者と定型発達者との共存を目指す考え方といえるが、多様性発達の根拠とされている遺伝子などの神経学的要因は、未だ証明されていないこと、また、多様性発達の発現として例示されるものは、成功した非定型発達者の能力に偏りがちであることといった問題が、残されている。

つづいて、自閉スペクトラム症を有する人のコミュニケーションを、ウィトゲンシュタインの言語ゲーム概念を援用しつつ、聴覚障害者のサイン言語と同様の文化的表現として位置づける考え方が登場した。それが**文化多様性**（cultural diversity）だ。たしかに、自閉スペクトラム症を有する人々にとって、インターネットを介した言語ゲームへの参入は、ウィトゲンシュタインの言う生活形式すなわち自閉症文化へとつながるものだろう。ただし、聴覚障害者の文化が、手話を介しつつも日本社会やＥＵ社会といった別の文化概念へと溶融していく場合があるのと同様に、インターネットによるコミュニケーションを介するというだけであれば、自閉症文化は定型発達者の文化へと収斂してしまうかもしれない。「（自閉スペクトラム症を有する人は）シリコンバレーで働ける」といった言説は、その一例だ。

それでも、自閉スペクトラム症を有する人々と有さない人々とのあいだの交流を、異文化間交流になぞらえる方法は、一定の有効性を含んでいる。南アフリカに暮らす人々と、日本に暮らす人々と、インドネシアに暮らす人々が、互いに交流しようとすれば、それぞれの地域の歴史・言語・風習などを（いいかえれば文化を）知ることが必要だ。同様に、自閉スペクトラム症を有する人々と有さない人々が、互いの歴史・言語・風習などを（いいかえれば文化を）知ることは、共存のための必須条件といえる。

では、南アフリカ・日本・インドネシアといった比喩を、火星・地球・未知の天体Xという比喩へ置き換えても、本質は同じなのか。必ずしもそうとは言えない部分がある。火星人の歴史・言語・風習を知る方法はSF小説の中にしかないし、未知の天体Xの文化は、現在の私たちには全く知りようがないからだ。つまり、あまり良い隠喩とは言えないのではないか。

#隠喩としての自閉スペクトラム症

自閉スペクトラム症をめぐる隠喩に共通するバリエーションは、「異空間へ引きこもる」と「異空間からやってきた」の二つだと指摘する論文がある。[*2] つまり、「**エイリアンの隠喩**」だ。また、同じ論文によれば、自閉スペクトラム症に関する言説でしばしば用いられる医学的・疾病学的隠喩としては、「壊れた」「修理の必要がある」という意味の「**機械の隠喩**」があるという。

たしかに、「エイリアンの隠喩」には、「機械の隠喩」が内在しているようだ。つまり、自閉スペクトラム症を有する人の脳は、化学物質が不足しているか、電気配線が故障しているかの、いずれかだとするような隠喩だ。ちなみに、前者はニコラス・ローズという人の述べる神経化学的自己であり、後者はエリザベス・ファインという人の述べる神経構造的自己であると、美馬は対比させている。[*3]

神経化学的というのは、機械としての脳の仕組み自体に問題はないが、そこを流れる物質の性質や量に異変があるという隠喩だ。後述するオキシトシン仮説などが、その代表だろう。また、神経構造的というのは、脳の部品が壊れていたり配線がおかしいという隠喩だ。やはり後述するミラーニューロンネットワーク仮説などが、その代表だ。

だが、それらを自閉スペクトラム症の成因と考えるのは行き過ぎだ。この手の仮説では、それらが登場してしばらく時間がたつと、他の疾患でも同じ現象が出現することがわかってきたり、仮説とは反対の事実が明らかになったりすることが常だからだ。

#脳仮説

オキシトシンは、昔から子宮平滑筋に働く物質として知られていたが、近年は「愛のホルモン」（出来の悪い比喩だが）などと呼ばれている。オキシトシンには他者と信頼関係を築きやすくする作用があると考えられているため、自閉スペクトラム症の「治療」に有効だとする研究者がいる。一方で、自閉スペクトラム症に限らず、うつ病や愛着障害にも有効だとする研究者もいる。つまり、「他人の気持ちがわからない」と決めつけられた人たちに対し、次々と投与されようとしている。

他方で、この物質が民族中心主義（ethnocentrism）を助長するという研究がある。[*4] もともとオキシトシンは、仲間集団内部での警戒心をゆるめるかわりに、集団外部に対しては人間を攻撃的にさせることが知られていたから、決して不思議な結果ではない。こういう結果に鑑みるなら、自閉スペクトラム症（や、その他の疾患）の「治療」に用いることには、慎重さが求められるべきといえよう。

ミラーニューロンのほうはどうか。このニューロンは、自分が物を取ろうとして手を動かした

---

*2　Broderick AA & Ne'eman A: Autism as metaphor: narrrative and counter-narrative. International Journal of Inclusive Education 12: 459-476 (2008)

*3　美馬達哉「脳多様性論」『情況別冊思想理論編3』

*4　美馬論文（*3）による。

ときに発火するだけでなく、相手が物を取ろうとして手を動かすのを見るだけでも発火することが、サルの研究で明らかになっている。このとき、サルは自分の手を動かしてはいない。そこから類推して、自閉スペクトラム症では相手の意図が読めないのだから、ミラーニューロンが働いていないのではないか、それが自閉スペクトラム症の「成因」ではないかと考える、研究者が出てきた。しかし、統合失調症その他の疾患でも、ミラーニューロンが働いていないと考える研究者もいる。他方で、ミラーニューロン現象を抑止する「逆ミラーニューロン現象」とでもいうべきものが、脊髄領域で生じているとする研究もみられる。[*5]

ここでも、私たちは慎重さが求められよう。ミラーニューロンの機能とは、模倣を意味しているに過ぎないのではないかという疑問を、払拭しえないからだ。模倣を意味しているに過ぎないなら、このニューロンはファシズムニューロンではないかという、比喩ならぬ揶揄[*6]も成り立つ。

どうやら、「機械の隠喩」は、それが神経化学的であれ神経構造的であれ、適切に現実を反映しているとは言い難いようだ。だとすると、「機械の隠喩」を内在させている「エイリアンの隠喩」もまた、現実の適切な反映とは言い難くなる。

#社会脳

そもそも、ヒトのミラーニューロンの存在は、サルのそれのようには明確に実証されていないという、指摘がある。以下に、藤井直敬による優れた啓発書から、一部を抜粋してみる。

《僕には他者の意図推定が可能であるという前提そのものに、何か問題があるように思えます。むしろ、他者の意図を正しく推定するというよりは、僕たちの脳は、世界はこう動くであろうという、勝手な思い込みで環境を予想しているという考えのほうが自然な気もするのです。》

《僕たちの結果では、腹側運動前野の神経細胞は自己の動きと他者の腕の動きを区別し、さらにその腕の左右も区別している…中略…ミラーニューロンは、脳の広範囲から同時に記録する大規模神経細胞活動記録が一般化することで消えて行くファンタジーかも知れません。》（『つながる脳』）

《僕はモジュール仮説という、脳の特定の部位に特定の機能を当てはめる考えに懐疑的です。むしろ、高次機能のほとんどが、複数の脳領域がつながるネットワークの中で、柔軟かつ動的に実現されているという考え方をとっています。ミラーニューロンの考え方には、そのようなネットワーク的な発想があまりなく、発展性に乏しく、せっかくの素晴らしい発見を閉じ込めてしまっている…後略。》（『ソーシャルブレインズ入門』）

＊5　Baldissera F et al.: Modulation of spinal excitability during observation of hand actions in humans. European Journal of Neuroscience 13: 190-194 (2001)

＊6　美馬達哉『脳のエシックス』

こうして藤井は、「他者の意図理解というのは解決不可能な不良設定問題」とした上で、ミラーニューロン仮説は便利な「ブラックボックス」であるが、それは考えることの放棄に等しく、科学者として問題だと結論づけている。

ミラーニューロン仮説の延長上に**社会脳**を想定する精神医学言説に接したときに、私たちが感じる異和の根拠が、ここに全て記されているといっていい。そういえば、モジュール的精神医学言説のほとんどは、社会脳を「ソーシャルブレイン」と単数形で表記しているが、藤井は「ソーシャルブレインズ」と複数形で表記していた。やはり、モジュール的言説すなわち単数形の脳の故障を想定する学説は、捨て去った方が良いようだ。

#感覚説

これまでに自閉スペクトラム症の成因論をめぐっては、心の理論仮説、求心性統合仮説、実行機能仮説など、多くの仮説が立てられてきた。しかし、それらはいずれも、単数形の脳の故障を想定した仮説の範囲を出るものではなかった。

ひとつひとつの説明は省くが、これらのうち、とりわけ注目度を低下させていた、感覚説と呼ばれるものについてだけは、触れておいたほうがいいだろう。自閉スペクトラム症を有する人々の多くが、五感の敏感さや鈍感さを抱え、かつ視覚的理解と聴覚的理解とのあいだのギャップを抱えているからだ。単数形の脳の故障という言説が最も成立しやすい領域での仮説であるにもかかわらず、感覚説の軽視は、私には不可解というしかなかった。

ところが、ドナ・ウィリアムズ*7による体験の記述（『自閉症という体験』）は、感覚説に新しい光を当てた。彼女は、生後間もない時期の感覚を〈自分なし、他者なし〉と記述している。これは「悟性による歪曲がおこる前の〔世界と・引用者註〕一体化した状態」であると、説明されている。彼女によると、その次に生まれる感覚は〈自分のみ、他者なし〉で、これは「自分を一人の人間として感じとる」状態だという。また、〈自分なし、他者のみ〉という感覚も生まれるが、これは「みなに紛れている」状態であり、「わずかな身体意識しか持たない」のだという。そして、これらの感覚システムの先に成立するのが、悟性による解釈システムであると述べられている。これらは、個人の感覚を、他者や世界との関係において位置づけたものであり、体験に裏打ちされた卓見というべきであろう。

興味深いことに、ドナは、「多様な自己認知（アイデンティティ）を得た人たち」は、「感覚システムと解釈システムを行き来」できるとも記している。つまり、自分が世界と一体化した最初期の感覚システムによ

---

*7　第3章でも記したように、『自閉症だったわたしへ』で有名になった人。吉本隆明は、同書に言及して、自閉症が治ったということは、素質が治ったということではなく、どこが他の人と違うかに自覚的になり、抵抗感はあるが我慢した状態だと述べている（『ほぼ日刊イトイ新聞』）。

って周囲と交流することも出来るし、他方で解釈システムを用いて周囲からの援助を求めることも出来るというのだ。

ドナの言う感覚システムから解釈システムへの移行は、しばしば「発達」の結果であり進歩であるかのように、語られてきた。しかし、「発達」の陰で失われていったものを取りもどすことは可能なのだということを教えてくれた点で、彼女のこの記述は、決して忘れさられるべきではないだろう。

ドナの体験が学術研究に直接の影響を及ぼしたわけではないだろうが、最近、感覚に対する関心は、再び高まりつつある。そのこと自体は、たとえ単数形の脳の故障という言説の範囲内であっても、喜ばしい傾向には違いない。

#再び文化多様性について

前項の内容を、もう少し敷衍してみる。文化多様性とは必ずしも**空間的概念**であるとは限らず、**時間的概念**でもあるはずだ。たとえば、都市と農村は空間的差異のようにみえるが、都市住民が半ば一方的に農村にノスタルジアを感じることがありうるのは、両者の差異が時間的（都市も過去には農村だった）でもあるからだ。

そう考えるなら、ドナ・ウィリアムズのいう**感覚システムと解釈システムとの差異**は、自閉スペクトラム症を有する人と有さない人とのあいだにおける差異ではなく、最初期の感覚を未だ多く持ち続けている人と、わずかに最初期の感覚を残してはいても多くを失いかけている人とのあいだにおける差異ということになる。すなわち、二つのシステム間の差異は、絶対的なものではなく、相対的なものに過ぎない。ドナの言葉を借りて言い換えれば、「私たちの多くが感覚システムの残像を、ありとあらゆる様相で持って」いるということだ。

なお、ドナは「エイリアン」について、次のように記している。

《エイリアンについての（解釈に基づいた）空想（ファンタジー）…中略…は…中略…解釈的な人類をはなはだひとりよがりにし、主導権を握っていると感じさせるに違いありません。》《私たちの中には『エイリアン』も存在しているのだということを受け入れることから始めるのがよいでしょう。》（『自閉症という体験』）

ここでようやく、本稿の冒頭に記した二つの映画に対する私の異和が何であったかに、気づくことが出来るようになった。映画に含まれる「エイリアンの隠喩」は、「機械の隠喩」を内部に据えることによって、まだ凡人の中にもわずかに残されていた感覚システムを、はじめから持っていなかったかのように解釈してしまったのだ。その結果、解釈的空想としての「エイリアン」が引き寄せられた。だが、私を含む観客の多くは、感覚システムの残像を保持していることに、漠然とではあれ、どこかで気づいていた。だから、ひとりよがりで解釈的な「エイリアン」の空想に、異和を感じたのだ。

#スペクトラム（連続体）

ここで少しだけ回り道をしてみる。

自閉スペクトラム症というときの「**スペクトラム**」という言葉は、通常は現象の連続性という意味で用いられる。つまり、古典的な自閉症の見かけをとる子どもから、それらの特徴が見えにくくなった成人まで、本質を同じくする連続体という意味だ。

一方、立岩真也の著書『自閉症連続体の時代』についての書評で、石川憲彦は、「生きることの全体性と連体性〔引用者註・石川からの私信によると、連帯のイメージが中心だが、連続体という言葉と掛け合わせ、さらに身体性を持った共同体的生活のイメージも浮かべながら、〈連体〉と表記したのだという〕のなかに『連続体』という言葉を位置づけようとしたのではなかろうか」と記している（『精神医療』78号）。これが、スペクトラム＝連続体の、もう一つの意味だ。たとえば、典型的な自閉スペクトラム症を有する人の苦しみも、全く有さないように見える凡人の苦しみも、ともに新自由主義が支配する世界における苦しみという点では連続している。端的に言えば、そういう意味にほかならない。

そこに第三の意味が加わることになる。一人の人間の中に、多かれ少なかれ、感覚システムと解釈システムが同居している。もちろん両者の比率はそれぞれ違っていて、ドナのように感覚システムが多く残存し、しかも二つのシステムのあいだを自由に行き来できる人から、感覚システムの残存度が乏しく見つけにくい人までの、連続体が構成されている——そういうイメージだ。このようなイメージが成り立ったとき、「エイリアンの隠喩」も「機械の隠喩」も、もはや不要になるに違いない。

#支援とは何か

かつて、小澤勲は、次のように語っていた。

《それは障害というものではなくて『ひとりひとりの個性だ』みたいなことは、ぼくは恥ずかしくて、よういいません…中略…寝たきりの重度心身障害児をみて『あれはひとつの個性です』ってことは、正直いって、医者としてよういいません。》(『自閉症論再考』)

この部分は、美馬もまた引用している。[*8] 神経化学的自己や神経構造的自己に代表される脳多

＊8　美馬論文(＊3)参照

様性論には、「下からの医療化」という側面と「上からの医療化」という側面がある。従来の上からの医療化（医療者による医療化）には、いわゆるレッテル貼りなどの問題があったが、だからといって医療化をすべて否定することは出来ない。なぜなら、マイノリティとして平等に取り扱ってほしいという自己主張に示されるような、下からの医療化（当事者運動と結びついた脳多様性という立場）の必要性を否定できないからだ。そういう文脈の中で、小澤の発言が引用されていた。

実践レベルでは、この美馬の指摘どおりだと思う。しかし、もう少しだけ抽象度を高めて述べるときには、支援とは文化交流にほかならないという視点を、維持すべきではないだろうか。

＃人間存在の原点

以前、私は、「発達とは、**人間存在の原点**から遠ざかること」と述べたことがある。どういうことなのか、「アヴェロンの野生児」を例にとって、もう一度やや詳しく説明してみる。まず、アヴェロンの野生児とは、次のような少年のことだ。

一七九九年に、一一、一二歳と思われる少年が、南中央フランスのアヴェロン県の森で、猟師によって捕らえられた。少年は、政府委員の家へ連れていかれ、養育院に収容された後に、パリへ送られた。ナポレオン・ボナパルトの弟である内務大臣の命令により、国立聾唖学校で訓練を受けることになったからだ。訓練によって野生児は、触覚・味覚・嗅覚を発達させたが、視覚・聴覚は未発達のままだった——。

吉本隆明は、「アヴェロンの野生児がしめすこの状態は、正常な幼児の世界にも、自閉症的な〈異常〉成人の世界にも類似する点をみつけられるのはあたりまえのことである」と述べつつ、以下のように記している。

《未発達の人間や動物では、触覚の空間化度は等質（homogen）ではないと考えられる。…中略…たとえば猫や犬は、わたしたちには〈気配〉とでもいうほかない遠隔から好物である焼魚や、異性を感受することができる。…中略…この空間化度の異質性（Heterogenität）を測る尺度は**関係意識の強度**である。（ゴシックは原著者）》（『心的現象論序説』）

空間化度とは、人間（もしくは動物）の、環界からの疎外の程度を意味する言葉だ。どうでもいいようなものだけが環界にある場合（たとえば猫の傍に小判だけがある場合）は空間化度が低く、切実なものが環界にある場合（たとえば猫の傍に焼き魚がある場合）は空間度が高いということになる。

このように、触覚（や嗅覚や味覚）は、一般的には空間化度が低いが、必要不可欠な場合には空間化度が高くなるから、このとき環界は等質ではなく異質（不均等）な世界としてとらえられるというのだ。

では、異質さの物差しである**関係意識**とは何か。吉本は、原生的疎外と純粋疎外の差を、

ベクトル（原生的疎外）－ベクトル（純粋疎外）＝関係意識

というベクトル等式を用いて示している。

吉本の挙げた例によれば、原生的疎外の領域では、灰皿を見たとき、恋人の家で見た灰皿を連想することも出来るし、目の前の灰皿を忘れて、灰皿が小道具として用いられている映画のシーンを回想するなど、遠くにまで連想を羽ばたかせることも出来る。しかし、純粋疎外の領域では、対象となる灰皿を離れることは出来ない。ただ視ていること自体が純粋疎外だからだ。つまり、「原生的疎外を心的現象が可能性をもちうる心的領域だとすれば、純粋疎外の心的な領域は、心的現象がそれ自体として存在するかのような〔傍点は原著者〕領域」ということになる。

さて、先の等式に戻ることにしよう。原生的疎外は、純粋疎外から離れれば離れるほど、自由度が高まる。単なる灰皿を視ているのではなく、三日前に恋人宅にあった灰皿、一年前に観た映画の小道具として重要だった灰皿、明日か明後日に贈り物としてラッピングしてもらう灰皿…といった数々の連想が可能になるからだ。そして、この可能になった連想の自由度こそが関係意識にほかならない。

ここから、原生的疎外と純粋疎外が同じである場合については、当然にも次の定理が演繹され

ることになる。

ベクトル（原生的疎外）＝ベクトル（純粋疎外）→関係意識＝〇（ゼロ）

もっとも、純粋疎外の領域のみに生きる人間は、現実には存在しない。換言するなら、理念的にしか存在しない。しかし、原生的疎外が限りなく純粋疎外に近似するような人間を、想定することは可能だ。こうして想定された、**純粋疎外の領域だけに生きる存在こそが人間の原点**にほかならない。そして、その場合の関係意識こそが、自閉スペクトラム症と私たちが呼んできたものの本質なのだ。

繰り返しをいとわず記すなら、自閉スペクトラム症を有する人々とは、原点としての人間という理念的存在に近似した人々であり、いわゆる健常者（定型発達者）とは、原点から逸脱した存在なのだ。

#原点を手放さないために

こう考えてくると、発達とは、持って生まれた自然を手放し、不自由さを身につける過程だといいうる。だから、定型発達者たちは、常に人間存在の原点を失う危険を、免れることが出来ない。

人間存在の原点を失わないためには、感覚システムへ自由に行き来できる非定型発達者との交通が不可欠だ。これが文化交流であり、支援が双方向性であるゆえんでもある。

このことと関連して、私は、自閉スペクトラム症を有する人々と凡人たちとの関係を、インド-ヨーロッパ祖語が様々な言語に分かれていった過程になぞらえて、説明したことがある。インド-ヨーロッパ祖語は実体ではなく概念に過ぎないが、それに相当する概念が人間存在の原点であり、祖語の特徴を残すサンスクリット語が自閉スペクトラム症を有する人々に相当する。そして、比較的新しく派生したアルバニア語は定型発達者に相当するという比喩だ。

いま改めてこの比喩を、ドナ・ウィリアムズの言う「感覚システム」「解釈システム」と対比することによって、自閉スペクトラム症の概念を示すために用いるなら、次ページの三つの図のようになる。

これらの図も、「個性」「エイリアン」「機械」と同じく、比喩であることに違いはない。しかし、どちらが本質に近づいた比喩であるか（ということは、どちらが双方向性の支援を示す比喩であるか）は明らかといえよう。

（初出：「自閉症論の原点・再論」『精神医療』79号）

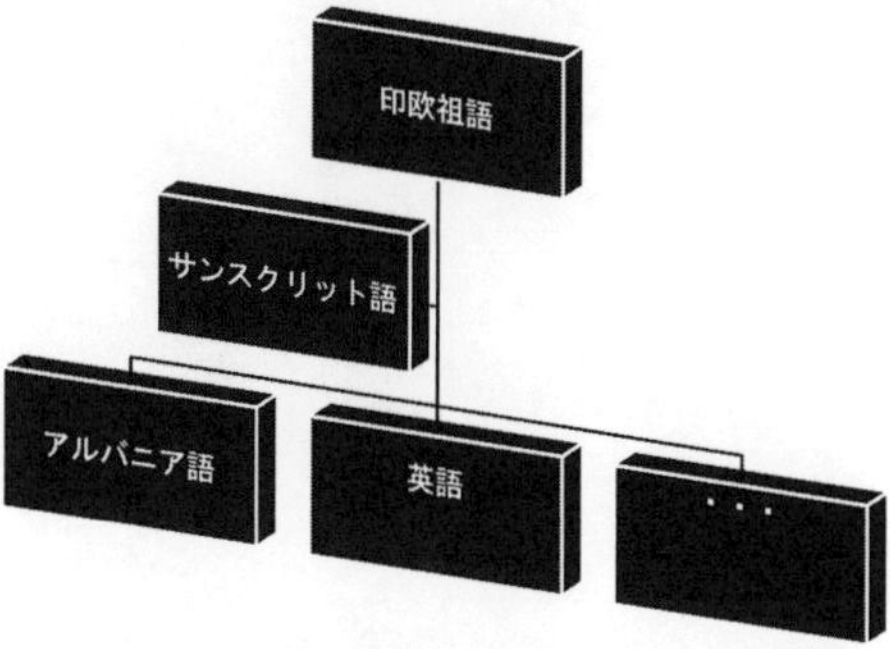

図１ 原点としての自閉スペクトラム症（言語学を比喩として）

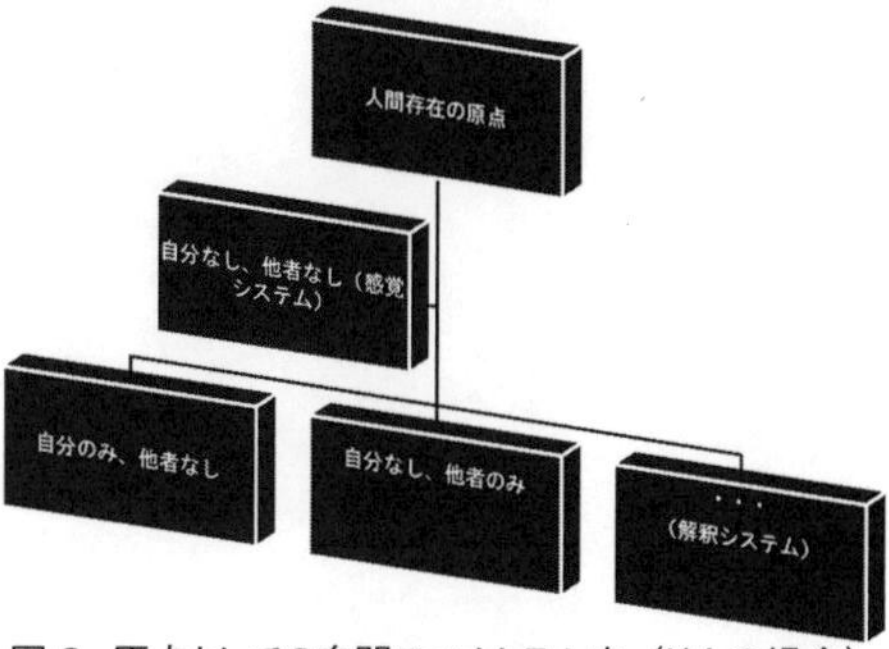

図２ 原点としての自閉スペクトラム症（ドナの場合）

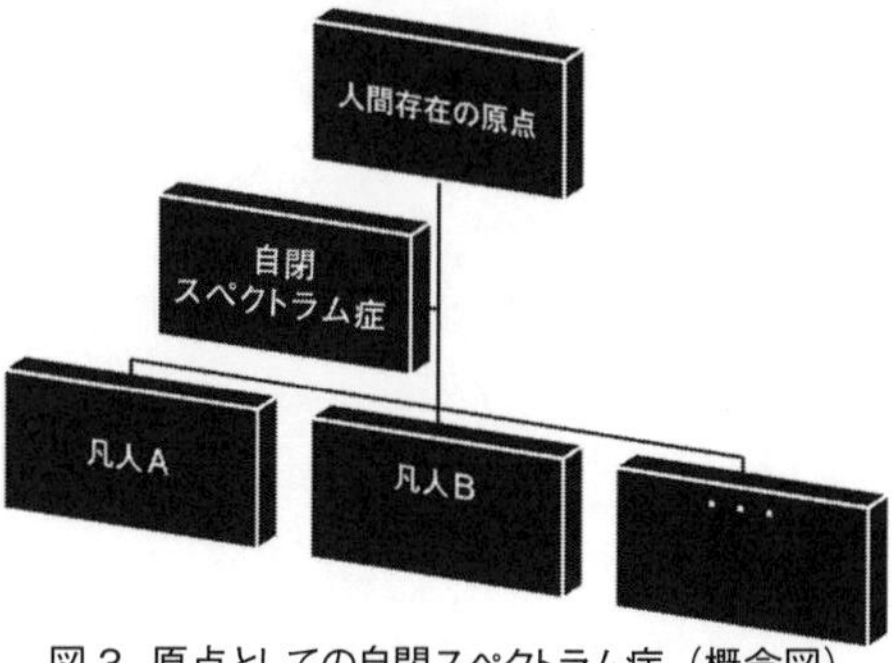

図３ 原点としての自閉スペクトラム症（概念図）

第Ⅱ部　古典―近代文芸における〈こころ〉学

第5章　吉本隆明の実朝論

国家と政治をめぐって、吉本隆明が重視していたのは、レーニン型政治宣伝活動の総括ではなく、歴史の古層にまで遡るという視点だった。まず、天皇制成立以前の古い群立国家が持っていた共同幻想と、天皇制権力の有する共同幻想が交換され、その継ぎ目が見えなくなる。次いで、交換させせられた風俗・習慣・法を、あたかも本来からの自分のものであるかのごとく受け入れるとき、大衆の敗北の基本構造がうまれる。それが、吉本の指摘だった（『敗北の構造』）。それればかりではない。敗北の構造は、現代に至るまで反復されている。ちなみに、吉本は自らの敗北体験として、太平洋戦争・労働運動・六〇年安保の三つを例示していた。それらのいずれにおいても、大衆は何ごともなかったかのように新しい秩序を受け入れて振舞いながら、かつての〈指導者〉たちには見向きもせず、彼らを棄て去ってしまった。これこそが、大衆の総敗北の仕方であって、そこに連帯を感じるというのだ。

吉本の指摘した敗北の構造は、程度の多寡を別にするなら、いまも日常的に生起しているといってよい。では、敗北の構造に直面した個人が、敗北の共同性から逃れられないとき、どのような生き方や死に方がありうるのか。

巨視的に言えば、南島や天皇制の構造を剔抉することにより、回答が得られるのだろう。事実、吉本の仕事の一部は、そこへ向けられていた。けれども、共同の構造に隠れた一人ひとりの生と死に関しての解明は、よく生きた文学者ではなく、本質的に死にえた詩人をとおしてなされるほかはなかった。吉本にとって、その詩人とは源実朝だった。

#太宰治の『右大臣実朝』

『敗北の構造』に収載された「実朝論」と題する講演録には、いくつかの有名な源実朝の歌が、引用されている。たとえば、次のような歌だ。

《大海の磯もとゞろによする波
　われてくだけて裂けて散るかも》
《箱根路をわが越えくれば伊豆の海や
　沖の小島に波のよるみゆ》
《玉くしげ箱根の海はけゝれあれや
　二山にかけて何かたゆたふ》

今ではたぶん多くの人がそうなのかもしれないが、私は、これらの歌を『金槐和歌集』で読む前に、太宰治の『右大臣実朝』という小説を通じて、知った。

太宰は、小説の語り手をして、「大海の」の歌を、「一言の説明も不要」と、評させていた。また、「箱根路」の歌を、「神品」と、評させていた。さらに、「玉くしげ」の歌については、「間然するところなき名描写」というのだった。同時に、「将軍家のお歌は、どれも皆そうでございますが、隠れた意味だの、あて附けだの、そんな下品な御工夫などは一つも無く、すべてそのお言葉のとおり」とも、記していた。

これらの歌は、しばしば万葉調の作品と評価されるものに属するが、吉本による評価は異なる。「大海の」は、いわれているような勇壮な歌ではなく、「たいへん冷静に事実を事実としてみる心」が、そこにある歌だという。また、「箱根路」は、「眼の前に展開した伊豆の海と島の風景をみているという位相のなかに、冷静に、じぶんの心が投げ出されている」歌だという。さらに、「玉くしげ」については、「芦の湖をみていて、うしろの山が二つみえる、それをみているじぶんを、〈事実〉として取りだすという心の働きが根本にある」と、述べている。

吉本のいう〈事実〉として取りだすとは、いったい何を意味するのか。それが、太宰の記した「すべてそのお言葉のとおり」という把握と、重なる視点であろうことは、容易に推測がつく。その点では、太宰の小説が吉本をして実朝の歌へ近づけた痕跡さえ、感じられる。そして、このような感じ方は、太宰の小説の読後感とともに『金槐和歌集』を手にした私などにとっては、とりわけフィットする感覚だった。

附記しておくなら、太宰の『右大臣実朝』には、読者にとって、どうしても忘れられない場面が、少なくとも二箇所みられる。一つは、「平家ハ、アカルイ。」「アカルサハ、ホロビノ姿デアロウカ。人モ家モ、暗イウチハマダ滅亡セヌ。」という箇所だ。もう一つは、渡宋計画が頓挫し陳和卿が逐電したあと、浜に打ちすてられた唐船に集まる蟹を、公暁が叩きつけて甲羅をむき食べる箇所だ。公暁は、蟹を齧りながら、「死のうかと思っているんだ。」と、つぶやく。

ちなみに、吉本は、実朝と公暁の関係を、水木しげるの漫画における、鬼太郎とねずみ男の関係に、なぞらえている。面白さの半分は、ねずみ男たる公暁に依存しているのであり、『駈込み訴へ』における、ユダと同じだというのだ。

他方、小林秀雄は、「公暁は、実朝暗殺の最後の成功者に過ぎない」と記した。頼家が殺されて以来、実朝は常に亡霊を見ていたのであり、そこに彼の精神生活の中心部があったというのが、小林の見解だった。

#小林秀雄の『実朝』

吉本隆明は、講演の中で、自らを源実朝へ近づけた文章として、太宰治のほかに、小林秀雄の『実朝』を挙げている。私自身は、太宰と同列に小林に惹かれたという体験を持たないが、それでも彼の『実朝』は読んでいた。それほどまでに、たくさん読まれていたということだ。

小林は、実朝の作品について、まず、万葉調や壮快といった位置づけを、排している。そして、「大海の」の歌について、「独創は彼の工夫のうちにあつたといふより寧ろ彼の孤独が独創的だつた」と、述べた。また、「箱根路」の歌を、「悲しい歌」「彼の孤独が感じられる」「叙景の仮面を被つた抒情の独特の動き」と、評した。さらに、「玉くしげ」の歌に関しては、「天稟の開放」であり、「その叫びは悲しいが、訴へるのでもなく求めるのでもない」「感傷もなく、邪念を交えず透き通つている」とした。

つまり、小林秀雄は、身近に死を抱えた精神の孤独を、実朝の本質として見ている。そして、孤独は、遅くとも頼家の暗殺から不可避になったと、述べていることになる。実際に、小林は、『愚管抄』に記された、頼家殺害の場面を引用したあと、次のように記している。

《珍重すべき暗殺叙事詩とも言へば言へようが、やがては、自らその主人公たるべき運命を、実朝は何時頃から感じはじめただらうか。さういふ事は、無論わからないが、これは決して愚問ではない。吾妻鏡を見て行くと、和田合戦の頃から、急に頻々たる将軍家の礼仏神拝の事を記してゐるが、それは恰も、懊悩する実朝の体温と脈搏とのグラフの様なものだ。やがて死の十字が描かれる。》（『実朝』）

小林は、この文脈のうちに、晩年の実朝の官位昇進と渡宋計画を、位置づけている。小林自身は、「異常な栄転」「異様と見える行為」としか記していないが、読む者にとっては、実朝が「死の十字」を予期していたがゆえに、これらを実行しようとしたと、言っているように読める。

吉本は、このような小林の批評を、「古典を蘇えらせることに成功している」と、評価した。そして、鋭敏でナイーブな詩人が、一種の陰惨な暗殺集団の上に載っているという小林の描き方は、当時の小林の心理を介在させると、理解しやすいかもしれないと、述べている。「当時」とは、『実朝』が連載されていた、昭和一八年を指す。戦時下に小林は、中国紀行を発表し、兵士と農民を描き出しているが、小林の眼には、そのころは暗殺集団が日本の伝統を利用しただけの時代として、映っていたのかもしれない。

このような視点は、吉本を「中世の法国家におけるふたつ頭の二重権力の一方の頂点にあって、さまざまな政治的な矛盾の複雑なからまり合いを、象徴的に統合している人物」としての実朝の探求という方向へ、いいかえるなら制度論としての実朝という方向へと、誘う契機となった。

吉本隆明の『源実朝』(1)

こうして、実朝の歌に内在する「**〈事実〉として取りだすという心の働き**」とは何か、そして、実朝が象徴する「**二重権力の一方の頂点**」とは何かという、二つの主題が、抽出されることになった。別の言葉でいえば、共同の構造に隠れた、一人の人間の生と死を解明するためには、実朝の和歌表出と制度としての実朝という、二つの視座を必要とすることが、明らかになったのである。

このような視座への、吉本自身による回答は、『日本詩人選　源実朝』（『全著作集（続）6作家論Ⅰ』に収載）に記されている。そこで展開されている、〈古歌〉〈古今的なもの〉〈新古今的なもの〉という考え方を、私なりに要約してみる。

第一に、〈古歌〉とは、ある景物の叙歌形式において、その景物が個人の観念の表象であるよりも、共同の観念の表象であるような、水準を指す。その特徴は、まず、上句または下句の叙景を、全く無意味化するところに、求められる。次いで、上句が下句の心を誘導するための暗喩として、使われる水準がある。「我宿の籬（ませ）のはたてに這ふ瓜の　なりもならずもふたり寝まほし」という実朝の歌などは、ここに相当する。

第二に、〈古今的なもの〉とは、詩の言葉が現実とのつながりを失いかけたときに必要な、規範を指す。その特徴は、すでに自然が共同観念の表象ではなくなってしまった後において、枕詞をいただいた〈物〉の名辞が、その代同物とみなされているところにある。ただし、実朝は、定家から本歌取りの重要性を教えられたが、その規範には、あまり従ってはいなかった。むしろ、「梅花（うめのはな）さけるさかりをめのまへに　すぐせる宿は春ぞすくなき」のように、印象深い言葉（「春ぞすくなき」）があると、必ずその句に固執して歌を詠んでいる。

第三に、〈新古今的なもの〉とは、景物が景物ではなくなり、詠まれねばならない規範となった水準を指している。これは、和歌形式の最終の姿であり、詠まれるべき心も規範になる。景物の内在化は、戸外の光線を歌に導き入れるが、同時代の実朝の歌は、光線が暗い代わりに直截で、垂直性を保っていた。武門と常に接触しなければならなかったことが、「吹く風は涼しくもあるかおのづから　山の蝉鳴きて秋は来にけり」のような、〈事実〉を述べて歌の心とする、実朝の特徴をうんだのである。

以上に続けて、吉本は、実朝の〈事実〉の思想を、展開している。たとえば、次のような歌についてだ。

《秋ちかくなるしるしにや玉すだれ
　小簾(こす)の間(ま)とほし風の涼しさ》
《もの丶ふの八並つくろふ籠手の上に
　霰(あられ)たばしる那須の篠原》

吉本によれば、前者の歌の背後に隠されているものは、自分の心情をじっと眺めている自分であるという。同様に、後者の歌においては、冷静に武士たちの演習を眺めている将軍を、もう一人の将軍が視ているのだという。

太宰治が、「隠れた意味だの、あて附けだの、そんな下品な御工夫などは一つも無く、すべてそのお言葉のとおり」と記した内容は、このように吉本によって、**〈事実〉の形而上学**として解明された。

そう考えたときはじめて、私のような現在の読者が実朝の歌に惹かれる、論理が浮かびあがってくる。実朝の歌は、〈古歌〉や〈古今的なもの〉や〈新古今的なもの〉を勉強しつつも、そこから逸脱せざるをえなかったぶんだけ、現代の読者に共鳴を与える余地を、内包させたにちがいない。

#吉本隆明の『源実朝』(2)

実朝の詩の思想を屹立させた背後には、幕府の名目人として殺戮に立ちあいながら、祭祀の長者として振舞わねばならない境涯があったと、吉本は述べている。それこそが、制度としての実朝という視座にほかならない。ここでも、吉本の記しているところを私なりにまとめるなら、以下のようになる。

第一に、頼朝の鎌倉幕府は、武家層以下の庶民に対しては〈国家〉であり、律令国家に対しては一種の水平な二重権力であった。この時期の東国の武門一族では、〈物領〉は、武力権と祭祀権を併せ持っていたが、世襲ではなかったため、頼朝の後継者たちは、骨肉相喰む陰惨さの洗礼を、必然的に受けた。

第二に、〈貴種〉の嫡子長男という名目的な意味で、将軍となった頼家の失政は、宿将たちの合議制〔いわゆる一三人の合議制・高岡註〕の導入と相まって、武力的な制覇の意味を無化した。その結果、幕府の宗教的な象徴性と武力的な象徴性の分離が、促進された。

第三に、実朝は、自らを非政治的な祭祀権の所有者としてのみ、自己限定した形跡がある。幕府に結集した武家層の基盤は、北条・三浦・千葉氏ら海人部の出身者と、比企氏ら帰化人の系統の二つに分けられるが、両者が習合してうまれた現神(いきがみ)の習俗は、首長が政治権を失い、祭祀権のみの所有者へと限定されることによって、崩壊へと向かいはじめた。

つまり、**制度としての実朝とは、古い共同の宗教性が、実質を失う過程**を意味する。そのため、祭祀権のみの所有者として、自己限定せざるをえなかった実朝は、常に自らの死を、予感することになった。

こうしてみると、実朝が望んだ冠位昇進は、掛け値なしに「源氏の正統今この時に縮りて、子孫更に相続し難し。然らば我飽まで官職を兼守り、家名を後代に輝さんと思ふなり」というところにあったとしか、考えられない。同様に、渡宋計画も、死の不安から逃れるためと解するよりほかはない。

これらは、小林秀雄が暗示した「死の十字架」そのものではないにしても、その一歩手前ではある。だとすると、実朝の歌に小林が孤独を見た理由には、小林の意図とは別に、幕府権力の変遷という制度論が、介在していたことになる。

＃〈事実〉の思想と制度論の交点

いま一度、太宰治の『右大臣実朝』をX軸に位置づけ、小林秀雄の『実朝』をY軸に位置づけてみることにする。あるいは、吉本隆明の用いた言葉に基づいて、〈事実〉の思想をX軸に、制度論をY軸にと、いいかえてもよい。すると、座標（x、y）によってあらわされる一点に、実朝の歌が浮上することになる。

そのうちの代表的な一首を、次に示してみる。

《旅をゆきし跡の宿守をれをれに
　わたくしあれや今朝はいまだ来ぬ》

旅から戻ってみると、留守番たちは、それぞれ私的な事情があるからだろうか、今朝はまだ出勤していない、というほどの意味になる。

この歌について、小林秀雄は、「彼は悲しんでも怒つてもゐない様だ」「写生帖をひらいて写生でもしてゐる様な姿」「この画家は極めて孤独であるが、孤独について思い患ふ要がない」と記した。孤独は、実朝にとってあまりに解りきったことだから、というのだ。

一方、吉本隆明は、この歌を、「最高の作品」の一つに数えつつ、「途方もないニヒリズムの歌」

だと述べている。

二所詣から帰ったとき、近習や警護の武士がいなくとも、瞋るのではなく、「どうでもよい」と意識している。ただ眼前の風景を、〈事実〉として受け取っているだけだ。その受け取り方は、「途方もないニヒリズム」であると同時に、幕府の制度的な帰結でもあった。将軍職があるから将軍がいるのであり、必要だからでも不必要であるにもかかわらずでもなく、〈事実〉としてそこにいるだけだという実朝の心境を、吉本は指摘している。

しかし、首長に擬せられた者にとって、この事態は、敗北の構造であったはずだ。人生には、どう抗っても、どうしようもない時期があるが、一生を貫いて常にそうであった実朝の眼には、人生に生起するすべてが敗北の構造であることは、自明として映っていたに違いない。

おそらく、実朝を、本質的に死にえた詩人として吉本がとらえたのは、そこに根拠があったのではないか。そして、私などが実朝の歌に惹かれるのも、同じくそこに理由があると思う。

このように、〈事実〉の思想と鎌倉幕府という制度論の交点に、浮上した敗北の構造が、実朝の歌だった。そこには、実朝の生涯を貫く諦念が、横たわっていた。だとすると、実朝の歌は、彼の生誕から死までの、すべての期間を覆いつくして詠まれるところへ、向かうしかなくなるはずだ。

＃『金槐和歌集』

実朝の遺した『金槐和歌集』には、乳幼児を主題にした作品が、いくつか含まれている。

《乳房吸ふまだいとけなきみどり子の
　共に泣きぬる年の暮かな》
《いとほしや見るに涙もとどまらず
　親もなき子の母をたづぬる》
《物いはぬ四方（よも）のけだものすらだにも
　哀れなるかな親のこを思ふ》

実子のない実朝が、架空の子どもを想定して詠んだ歌だとは思われない。むしろ、子どもとしての実朝が、架空の親を想定して詠んだ歌であろう。もちろん、実朝には実の母がいたが、その母は兄頼家を出家させた人であり、またその頼家はほどなく修善寺で暗殺されている。そのこと一つとっても、実母は実朝にとって情愛の対象ではなかった。ちょうど、実母にとって実朝が、情愛の対象ではなかったようにである。

それは、母政子の〈資質〉によるというよりも、ここにもまた古い東国の制度が介在していたからであろう。骨肉相喰むことになる、あの制度である。だから、実朝は、やはり諦念を持って〈事実〉を眺めるかのように、母と子の関係を詠うしかなかった。

だが、「いとけなき」「いとほしや」「哀れなるかな」といった平凡に堕する可能性を孕む言葉が、決して平凡にならぬ程度にまで、その表現は高められていた。吉本が、「この種の歌はなかなか類型がみつけられない」として、〈事実を叙するの歌〉とでもいうしかないと記した表現とは、このような諦念を指している。

一方で、『金槐和歌集』には、老年期を詠んだ、次のような歌も含まれている。

《うちわすれはかなくてのみ過（すご）し来ぬ
　哀と思へ身につもる年》
《降る雪をいかにあはれとながむらん
　心は思ふとも足立たずして》

二八歳で夭逝した実朝が、老いを体感できたはずもない。だから、これらの歌は、意がかなえられぬまま命を落とすことになった宿将たちから、ヒントをつかんで詠まれたのかもしれない。だが、それ以上に、これらの歌は、死の間際に走馬灯のように駆けめぐると言われる生涯の全記憶を、生きながら予め想定せざるをえなかった実朝が、架空の老いをすら〈事実〉とせざるをえなかった必然を詠んだ歌のように思える。これらには、『日本紀竟宴和歌』や『新古今和歌集』の影響があると言われているが、諦念の程度には、それらとの比較を拒絶するものがあると言うべきだろう。

歴史を現在に写して見ることには、慎重でなければならない。しかし、敗北の構造が必然のようにもたらされる時点での悲劇は、いつもそれを引き受ける個人の密かな表現によってのみ、ほんとうの歴史へと転化されることになる。このようにして、実朝は私たちの前に、『金槐和歌集』ただ一巻を遺した。そこには、敗北の共同性から逃れられないとき、個人にはどのような生き方と死に方が可能かが、示されていた。

（初出：同題『流砂』5号）

第6章　吉本隆明の西行論

小林秀雄の『実朝』は、その冒頭に松尾芭蕉の言葉を引いている。すなわち、芭蕉は、弟子から「中頃の歌人は誰なるや」と問われた。それに対し、芭蕉は「西行と鎌倉右大臣ならん」と答えた。その言葉を引用した上で、西行と鎌倉右大臣実朝は「非常によく似たところのある詩魂」だと、小林は記している。

出家前の西行は、北面の武士だった。だが、西行と実朝は、ともに武門を出自とするという点だけで、似ているわけではない。

時代の制約を超越するような一群の和歌を詠んだこと、そうであるがゆえに、それらの歌が現在の読者をもとらえて離さないこと。そこが似ているのだ。

けれども、なぜ西行の歌が、私たちのような現在の読者をとらえてしまうのかを考えてみると、ただちに理由を述べることは難しい。

それでも、実朝がどこまでも受け身で武門共同体からの超越を強いられていったのに対し、西行は意志的に武門共同体からの離脱をはかったようにみえるという点だけは、最初に指摘しておいていいだろう。

＃柳田國男の「西行戻り」「西行橋」

もちろん、現在の読者をとらえる以前に、西行は中世の民衆をとらえていた。そのため、真偽のさだかでない伝承が、数限りなく生まれた。これらの伝承の中から、各地に残る「西行戻り」という古跡や「西行橋」という名称に着目して、武門を離脱した西行と民衆との接点を解明しようとした人は、柳田國男だった。

柳田は、次のような逸話（たぶん事実ではないだろうが）を紹介している。石に腰かけて休んでいた西行が、蕨を採りにきた里の子どもに対し、戯れに「わらびで手を焼くな」と言った。すると、子どもから「御僧はひのき笠で頭を焼きたまうな」と返され、閉口して早々に帰ったという逸話だ。

柳田は、このような「法師と賢しい童子との問答」を、「一定の型」として抽出している。彼によると、『吾妻鏡』に記されて有名になった逸話（陸奥への道中で、西行が源頼朝に乞われ流鏑馬の技を伝授したことにより贈られた銀の猫を、遊んでいた童子に与えて立ち去った）もまた、「一定の型」の亜流とみない限り、作り話としても説明が出来ないという。

同じく柳田によると、「西行戻り」の「戻り」とは、橋の袂で人の吉凶を占う、橋占（はしうら）と縁のある言葉だそうだ。単に橋を渡ることを目的とするのではなく、二つの共同体の接点である橋で、聖人による占い（裁許）が民衆に対して行われ、その後に互いに戻っていくという意味だという。

こうして裁許橋が西行橋へ転じたとする説を、あながち否定できないと、柳田は記している。だとすると、武門を意志的に離脱した西行は、民衆共同体との接点にまで降りてきた存在だということになる。

それにしても、接点にまで降りてきたととらえられる根拠は、裁許と西行という韻の類似にあるのではなく、西行の歌そのものの中にあると考えるほうが自然ではないか。つまり、先に歌が民衆の生活圏の近くまで降りてきて、その後に西行の伝説が挿話として引き寄せられたという構造だ。

そうだとするなら、民衆の生活圏を横ぎる旅の中で詠まれた作品こそが、接点近くまで降りてきたととらえられる根拠を形成していると考えて、差し支えないだろう。たとえば、伊勢に滞在中に詠まれた次のような歌は、その一例だ。

《今ぞ知る二見の浦の蛤（はまぐり）を
　貝合（かひあはせ）とておほふなりけり》

私は学生時代から岐阜県に住み、また私的な理由で三重県へ行き来することも少なくなかった。だから、芭蕉の有名な「蛤の二見にわかれ行く秋ぞ」という句が、西行の「今ぞ知る――」の、いわばオマージュであることは知っていた。だが、多くは平明にみえる西行の歌群の中でも、とりわけ平明なこの歌の色調と、「いつの世に長きねぶりの夢さめて　おどろくことのあらんとすらん」といった、やはり平明だが暗い色調との差異がどこに由来するのか、いぶかしく思った記憶がある。

そのこともあって、私は一時期、岩波文庫版『山家集』を持ち歩いていた。その頃はよくわからなかったが、いぶかしさは今は少しだけ薄らいだ気がしている。西行は、源平の相克を横目に見つつ、かつて迷いながら北面の武士を離脱した自らの軌跡を、自分にとっての勝利として感じていたのではないか。

《(世の中に武者おこりて、にしひんがし北南、いくさならぬところなし。打ち続き人の死ぬる数きく夥(おびただ)し。まこととも覚えぬほどなり。こは何事の争ひぞや、あはれなることの様かなとおぼえて)
死手(しで)の山こゆる絶間はあらじかし
　　亡くなる人の数つゞきつつ》

《(木曾と申す武者死に侍りけりな)
木曾人は海のいかりを静めかねて
　　死手の山にも入りにけるかな》

これらの歌に基づく限り、武門からの超越は、ほとんど完成に近づいているかのようだ。そして、武門に対する冷酷な視線といっていいほどの境地を支えたものが、限りなく民衆共同体との境界にまで降りていったときの、諦念にあったことは疑いない。

ただ、そうであったとしても、貝合わせの貝が二見浦の蛤であったことなど、ことさらの発見ではないはずだ。むしろこの歌には、武門の相克を尻目に、俺はこうしているよといった、超越した皮肉さえ感じられる。というよりも、皮肉だけを記したかったようにさえ映る。すなわち、意志的な民衆共同体への接近といえども、西行にとってそれは、自らを民衆へ溶解させることを意味してはいなかったと思える。

あくまで西行は、民衆共同体との境界で反転し、歌の表現へと引き返したのだ。「西行戻し」とは、「西行橋」という境界をはさんで、当時としては珍しい**自己表現へと帰り去っていく西行**の姿をも意味していたといえるだろう。

小林秀雄の『西行』

小林秀雄の『西行』を、吉本隆明は「西行論のはじまり」と呼んだ。「西行の像とその歌とをたしかに手もとまでひき寄せてみせた」という点と、「言葉の時間と空間をま近にひきよせる方法的な成果」という点が、小林の西行論に対する、吉本による評価の要諦だった。

小林の『西行』の中から、「手もと」「ま近」に引き寄せられた西行像を、取り出してみることにする。たとえば、有名な次の二首がある。

《世をいとふ名をだにもさは留め置きて
　数ならぬ身の思ひ出にせん》
《世をすつる人はまことにすつるかは
　すてぬ人こそすつるなりけれ》

世を厭って出家したという名だけでも、そのようにとどめ置いて、ものの数にも入らない自分の思い出にしよう。世を捨てて出家した人は本当に捨てているのだろうか、出家しない人こそが、むしろ世を捨てているといえるのではないか。

前者は、小林によれば、「詩人達の青年期を殆ど例外なく音づれる自分の運命に関する強い或は強すぎる予感」により詠まれた歌であり、後者は、「思想を追はうとすれば必ずかういふやつかいな述懐に落入る鋭敏多感な人間」によって詠まれた歌ということになる。

小林は、「如何にして歌を作らうかといふ悩みに身も細る想ひをしてゐた平安末期の歌壇に、如何にして己れを知らうかといふ殆ど歌にもならぬ悩みを提げて西行は登場した」と指摘した。この小林の指摘によって、西行の歌は一気に現在へと引き寄せられ、生涯にわたる青年の歌として、私たちの前に現れることになった。小林が「誰も次の様な調べはしらなかつた」と評した歌のうちの一首を、以下に引いてみよう。

《まどひ来て悟り得べくもなかりつる
心を知るは心なりけり》

心が心を知る。どこかで吉本が用いていた表現を借りるなら、心の冪乗それ自体が詠まれていることになる。つまり、自分の心を自分が考察しているという意味だ。その結果として西行が取り出した「いかにすべきか我心」という「呪文」を、小林は重視した。そして、この呪文は歌の世界に導き入れられた「孤独の観念」であり、孤独を護持することが西行の遁世の目的だったとさえ、断言している。ただし、西行は自分の肉体の行方ははっきりと見定めたものの、自分の思想の行方を見定めることは出来なかったとも、小林は述べている。

言い換えるなら、西行は孤独という青年の心性を頑なに守りながら、老年期にまで至る生涯を終えたということになる。このような小林による解読が、事実として正しいのかどうかは、ここでは問題にならない。ただ、そうして引き寄せられた西行の像が、現在の青年像とはかりあえることのみが、重要なのだ。

二〇歳で鳥羽院の北面の武士となった西行（佐藤義清（のりきよ））は、その三年後に出家し洛外に草庵を結んだ。にもかかわらず、西行は、三九歳時に勃発した保元の乱に際し、仁和寺に潜む崇徳上皇のもとへ馳せ参じている。

《かかる世にかげも変らずすむ月を
　見るわが身さへ恨めしきかな》

このような世の中でも、変わらずに澄んだ光を放つ月を見るにつけ、わが身が恨めしい。

この歌を引用しつつも、小林は、歌自体に対しては直接の言及を行っていない。だが、小林が、世の中に未練を残し諦念に徹しきれない西行を見ているのではないことは、確かだ。また、反対に、西行の行為の中に、滅びゆく者への美や共感を見出しているのではないことも、確かだといえる。そうではなく、「いかにすべきか」と考えるよりも先に、すでに敗北が決定した者の傍らへ向かって行動してしまう心性こそが、「孤独の観念」にほかならない。孤独が招きよせる行動とはそういうものだ――このように小林は言いたかったのではないか。

ここで、**行動者としての西行**の像が浮かび上がる。つまり、知識が邪魔をして足下がもつれてしまう人たちとは逆に、まず行動があり、自制や自省は後からついてくる西行が、眼の前に現れる。ここにも、現在の青年像とはかかりあえる根拠がある。

西行は、後に讃岐へ配流された崇徳院へ、「世の中を背く便りやなからまし　憂き折節に君逢はずして」、「ながらへてつひに住むべき都かは　この世はよしやとてもかくても」という歌を奉った。

出家する機縁はなかったでしょう、憂うべき時節にあなたが遭遇なさらなければ。生きながらえ最期まで住む価値のある都でしょうか、この世はたとえどのようであろうとも。

行動の後に到来した自制や自省を崇徳院に書き送ったこれらの歌は、「孤独の観念」が〈資質〉にまで昇華された姿であるといいうる。ただし、それは決して老成ではない。「彼の頑丈な肉体の何処かで、忘れ果てたと信じた北面時代の血が騒ぐのを覚えたかも知れぬ」と記した小林は、孤独が招きよせた**西行の青年像**を、永遠の中に閉じ込めようとした。こうして閉じ込められた青年の孤独が、そのまま何の変性も変成も受けず残り、現在の私たちへ届いているのだ。老成ではないとは、そういう意味にほかならない。

だが、他方で小林は、一筋の道を青年像から分岐させていた。そのことを小林は、西行の苦しみが純化し「読人知らず」の調べを奏で、その調べに人々が「富士見西行」の絵姿を思い描いたのだと説明している。いうまでもなく、富士見西行とは、杖をついた晩年の西行が富士山を見上げているという、流布された伝説の画像化だ。つまり、**民衆共同体との接点にまで降りていく西行像**を、青年西行の像から注意深く結晶のように分離しておくことを、小林は忘れなかったのである。

＃吉本隆明の「西行小論」「西行論断片」

小林秀雄による青年西行像は、吉本隆明の「西行小論」（『抒情の論理』所収）にも影響を与えた。「かれ〔＝西行・引用者註〕の内部にはアムビヴァレントな性格があり、おそらく、ひととちぐはぐなところで素直で純粋だったため、人間関係でずいぶん苦痛をなめたにちがいない」、「かれのつよい倫理性と孤独とはそこからきている」と、吉本は記している。小林のいう「孤独の観念」と、同質の内容が叙述されているといっていい。そして、ここに叙述された内容こそが、青年西行の行動と歌を、**〈資質〉から〈倫理〉**へと高めた根拠だった。

西行の〈資質〉と〈倫理〉は、武門からの離脱や出家によって老成へ向かうことはなかったという点についても、小林と同様に吉本の指摘するところだった。言い換えるなら、興隆する武門思想からも、当時の山岳仏教からも、西行は疎外されていた。

まず、**武門思想からの疎外**について、吉本は、先にも引用した「こは何事の争ひぞや」の詞書を伴った「死手の山」の歌に即して、次のように述べている。

《かれ〔＝西行・引用者註〕は、この動乱〔以仁（もちひと）王－源頼政の挙兵と源頼朝－義仲の挙兵・引用者註〕が、封建社会成立にいたる過渡期の動乱であることを洞察したわけではない。…中略…だが、青年期に、すでに貴族社会の家人として、そのあさましい政権争いと売官生活とをみていたにちがいない西行が、出家というかたちで、かれらからはなれ、動乱からもはなれたとき、もはや自分の生涯をどこへむかって走らせるかの目的を失ったといえる。》

また、**山岳仏教からの疎外**については、次のように述べている。

《西行の思想は、あきらかに、中世の浄土イデオロギーにたいして、先駆的な意義をもっているとおもわれるのだが、そのためには、じぶんのこころのなかで、地獄のような矛盾の性格をおしひろげ、時代にたいしても徹底的な洞察をつけくわえることがひつようであった。…中略…柄にもなく外観だけは当時の山岳仏教の流行にへつらって出家し、詩壇の流行にならって古今集を粉本にして詩をつくっても、たどっていった必然の道は、平地仏教思想のみちであり、幽玄の詩論に異をたてるみちだったのはあきらかである。》

武門や山岳仏教ばかりか、西行は、当時の**詩壇からも疎外**されていた。ちなみに、吉本によれば、「コトバがココロを象徴する」ものが幽玄であるのに対し、「ココロがコトバを象徴する」ものが有心であるという。しかし、西行は幽玄と有心のはるか先まで進んでいった。たとえば、「弓はりの月にはつれてみし影の　やさしかりしはいつか忘れん」といった歌がそうだ。
弦月の月光からさえ外れて、かすかに見た女性の人影が優美だったことを、いつか忘れてしまうことがあろうか。

この歌に含まれる「弓はりのつきにはつれて」も「やさしかりし」も、いずれも幽玄といえないわけではない。同じことだが、有心といえないわけでもない。だが、それ以上に、この恋歌は詩壇に異を唱えるどころか、詩論を顧みようとさえしていない歌のように思える。これらの歌を指して、吉本は、「当時の理論の美的基準にのっかりながらも、なお、西行以外のたれもつくりえなかった詩」と評したのだった。

ここから先、西行は、参照すべき詩の基準を持たなくなった。吉本によれば、それは「思想詩人の宿命」であり、そうであるがゆえに、西行の歌は「過渡期の現実的な悩みを反映せずにはいなかった」のだった。

その後、意図的であったかどうかは別として、西行が目指したものは、意外にも漁民たちの生活圏との境界だった。「生々しい独特な生活歌」と吉本が呼ぶもののうちの、いくつかを挙げてみよう。

《さだえすむせとの岩つぼもとめて
　いそぎし海士の気色なるかな》

《海士人(あまびと)のいそしくかえるひじきものは
　小螺蛤(こにし)かうなしたたみ》

　サザエの棲む瀬戸の岩の窪みを探し出して、忙しく潜って採っている海士の様子であることよ。
海人が忙しく働いて持ち帰る、ヒジキを敷物にした小螺・蛤・ごうな（やどかり）・細螺（しただみ）。

　これらの平明な歌を詠む西行の眼中には、もはや貴族も武門も山門も、なかったに違いない。もちろん、かといって漁民共同体の内部へ入り込んだわけでもない。共同体の手前で佇んだまま、海人たちにとっては日常でしかない振舞いを、好奇の眼でながめているだけだ。しかし、そこに無限の価値がつむぎだされる。それを吉本は「生活歌」と名づけたのだった。

「西行論断片」（『模写と鏡』所収）になると、生活歌は、自然の叙景歌にまで拡張されて、論じられることになる。吉本が挙げているのは、次の一首だ。

《いはれ野の萩がたえまのひまひまに
　このてがしはの花咲にけり》

大和の磐余野（いわれの）で茂る萩の絶えた合間合間には、児手柏（このてがしわ）の花が咲いているよ。

　この歌について、吉本は、観念の上の空想でつくることが出来るものではないと述べている。旅で西行は平凡な道を通り過ぎ、トリヴィアルな情景を実際に見た。名勝や旧跡はもはや西行を驚かすことはなく、こういう平凡な風景だけが、西行の歩みと同じ速度で眼に留まる。それを、やはり同じ速度で投げ出した歌だというのだ。

時系列から考えるなら、**武門からも山岳仏教からも疎外された西行と、生活共同体との接点へと降りていく西行の、ちょうど中間に位置する西行**が、この歌を詠んだと考えてよいだろう。もちろん、磐余野は萩で有名だというから、名勝の歌と言えないこともない。しかし、咲き誇っているのは萩ではなく、児手柏なのだ。

名勝を詠むことが、ある時代と社会の共同観念を前提にするしかないのとは対照的に、共同観念から離れて生活圏へ向かう途上の歌が、西行の叙景歌だった。吉本が、「西行の歌がどんなさり気ない叙景歌であっても、生活者の歌であったことはたしかだ」と記した根拠は、そこにあった。

#吉本隆明の『西行論』

ここで、吉本隆明の『西行論』の中で、核心と思われる箇所を、私なりに拾い出してみることにする。

「I　僧形論」では、時代思想としての出家遁世を実践しようとする姿勢が、鳥羽院の親衛であった西行をとらえる契機は、当時それほど不自然ではなく存在したと、吉本は指摘している。西行の出家の動機だと解釈されている、親友の死亡によるという説も片恋によるという説も、事実としてみるならとるに足りないが、説話的な真実に喰いこんでいるという意味では無視しえない。だが、その頃の出家は前衛思想であり、「身辺の動機なしにも、時代思想に敏感で、すべてに多感でありさえすれば、充分に出家遁世に踏みきる根拠をもっていた」というのだ。一方で、西行には、出家遁世しても到底おさまりきらない、自然の動きと一緒に「うかれのみ行」ってしまう自分の心があった。

つづいて吉本は、「もともと人間は、あらたまった動機がなければ、あらたまった挙に出ないものだろうか」と問うている。こう問いなおしてみると、西行が出家直前に岐路に立たされていたことがわかるというのだ。そこでは、二つのことがらが、西行に衝撃を与えた。一つは、鳥羽院が、待賢門院璋子の反感を押し切って入内させた美福門院得子に皇子(後の近衛天皇)を産ませ、立太子させたことだ。もう一つは、平忠盛・清盛一族が、鳥羽院の側近に編成されたことだ。いずれにせよ、西行は、出家してはじめて権力の陰謀が視えるところに立った。これは出家前には考えもしなかったことであり、西行は「騒乱の一方に加担したくなるような思いで、都を離れえなかったのかもしれない」と、吉本は記した。

「Ⅱ 武門論」において吉本は、保元の乱に際し仁和寺に崇徳院を見舞った、西行について触れている。そして、「この危険を冒した西行の振舞いが『恩に浴し』た武門の倫理に属することは間違いない」が、崇徳院に対する「同情というような単純なものではなかった」とも述べている。そして、その後の西行は、きわめて冷酷に崇徳院の幽閉生活を掴みとっているし、それ以上に現世的騒乱すべてに冷淡になっているというのだ。西行は、保元・平治の乱を、武門の興隆のきざしとはみずに、帝王家の騒乱の時代とみていた。その理由について、吉本は、「西行には、鳥羽・崇徳両院にあまり近くにあったための錯誤があった」と附記している。

「Ⅲ　歌人論」では、「西行的なもの」とは、「生命が言葉の概念の中で行動する」ことであり、それは藤原定家が目指した「イメージの絵画」とは対極にあると述べられている。また、西行がぶつかっていたのは、生涯における転換の決意が心にきざしたとき、まわりの平静な人々とのあいだに生じる疎隔であり、そこに「劇」を感じ立ちすくんでいたのだという。

大峰巡回を詠んだ「さゝふかみきりこすくきをあさたちて　なびきわづらふありのとわたり」（笹が深いので、霧が越える岫＝山の洞穴のある所＝を行くため早朝に出発したが、霧のため行くことが困難な蟻の門渡りという場所よ）という秀歌がある。吉本によれば、「少しも宗教的ではなく」、大峰の地名を基にしていても、「じしんの身体を言葉のなかに乗り入れて、いわば行動的な言語の位置をとることができている」歌だということになる。西行は結局は信仰の人ではないという疑念も萌してくる歌であって、吉本はそれを「西行の否定性」と名づけている。

一方、「エロスと嬰児がえりの胎内および乳房幻想の作品」もある。「なべてなきくろきほむらのくるしみは　よるのおもひのむくひなるべし」（並大抵ではない、黒い炎の中で男女が燃える苦しみは、夜の性行為の報いであるだろう）という歌を引いて、吉本は、西行のように抑圧された性意識を直截に表現した歌人はいなかったと述べている。また、「あはれみしちぶさのこともわすれけり　我かなしみのくのみおぼえて」（慈しんでくれた母の乳房のことも忘れてしまった、我は悲しさの苦のみを覚えて）という歌を引いて、「母とのあいだの異和や、母からうけた心の傷あとがかえって蘇ってくる」と指摘している。

このように吉本の『西行論』をたどってくると、**行動者であった青年西行が、その〈資質〉を前衛的な宗教思想へ向かわせようとしつつも、宗教思想自体からさえ疎外を感じとり、反転して他ならぬ自己の探究へと戻っていく姿**が浮かび上がる。民衆の生活圏との境界近くにまで降りていった西行の、内面の軌跡とは、このようなものだった。それは、心が心を知ろうとする姿の、極限形態へ向かうものだったといいかえることが出来る。

西行の「心」

誰もが気づくとおり、西行の歌には、「心」という言葉が詠みこまれたものが多くみられる。『西行論』の中で、吉本隆明は、「心の色」「心の空」「心の水」といった用語を暗喩の語法としつつ、「心の奥」「心のはて」といった慣用的修辞から区別している。また、西行にとって、「用法はひとりでに暗喩をなした」のであり、このことは新古今集で用いられた多くの「心」と対照的であると述べている。

吉本が暗喩表現としているもののなかから、心が心を視ていると考えられる歌を、いくつか挙げてみよう。

《（恋）
数ならぬ心の咎（とが）になし果てじ
　知らせてこそは身をも恨みめ》

取るに足りない心の欠点にしてしまうまい、恋心を知らせてもなお叶わなければ我が身を恨むことにしよう。

ほとんど現代の青春小説のような歌だが、西行の恋の歌には、このような作品も少なくない。「よもすがら月を見顔にもてなして　心の闇にまよふ頃かな」（一晩中、月を見ているようなふりをして、恋心の闇に迷うこの頃だなあ）という歌もそうだ。

他方、慣用表現の中にも、心が心を視ていると考えられる作品はある。

《なにごとにとまる心のありければ
　更にしもまた世のいとはしき》

何事にも執着する心があるというので、なお更にもまた俗世が厭わしく思われるのだろうか。

先に挙げた「心を知るは心なりけり」と同じく、執着する心を解析している心が、詠われている。こうしてみると、西行の心の歌は、暗喩表現を用いようが慣用表現を用いようが、より高度化された心の冪乗へと進んでいったことがわかる。

ところで、吉本は、「心」と同時に「世」という言葉にも注目している。たとえば、「あはれあはれこの世はよしやさもあればあれ　来ん世もかくや苦しかるべき」（あああ、この世はままよなるようになれ、来世もこのように苦しいのであろうか）は、西行の「世」の歌の典型と言ってよいだろう。

吉本によれば、この歌は、未だに〈信〉に達しない「心」や「世」が詠まれている歌ではないという。逆に、〈信〉を通り過ぎて、「心」や「世」を日常生活の中に動く感性にまで、とうとうもっていったのが、これらの作品だというのだ。こうして、**心が心を知ろうとする西行の像と、生活圏との境界にまで降りていく西行の像とが、私たちの前で重なる**ことになった。

すると、「心」をめぐって残る問題は、あとわずかということになる。それは、「花と心」の関連だ。

《あくがるる心はさてもやまざくら
　散りなんのちや身にかへるべき》

《花見ればそのいはれとはなけれども
　心のうちぞ苦しかりける》

身体から遊離する心はそれにしても止まず、山桜が散った後には身体に帰ることであろうか。桜花を見るとその理由はないけれども、心の中は苦しいことである。

「あくがる」とは、心が身体から離れさまようという意味だ。花が散れば、離れていた魂は身体へ戻ってくるのだろうか。このような不安にいったん陥ると、花を見るだけで苦しくなってしまう。桜花に対してとは限らず、こういう心の動きは、いにしえの人々に広く共通していたはずだ。にもかかわらず、いつの間にか修辞へと転化してしまった。

しかし、西行にあっては、それらは本当の体験であったかもしれないと、吉本は言う。桜花は、異常に過敏な感応の世界へと、西行を誘い込んだのではないかという意味だ。（この点については、たとえば「西行ファン」に対して批判的な塚本邦雄でさえも、「西行の遊魂・離魂症状はわかる」（『西行百首』）と記しているところだ。）吉本によれば、西行にとって**桜花は、乳幼児期に形成された無意識の〈資質〉を誘発する、特異な憑依物だった。だとすると、この過敏な〈資質〉は、民衆共同体への接近とは反対の方向に作用する**ことになるだろう。

一面でユーモアもあり、いじわるじじい（「宮河歌合」で左に鳥羽院への悼歌を、右に崇徳院への悼歌を並べ、若き定家に優劣を判じさせようとした西行を評した、吉本による言葉）でもあった西行が、民衆共同体との境界にまで降りていこうとしても、どこかで孤独のために引きかえすことになった理由が、こうして明らかになった。

吉本隆明の「自著への想い35選」と題された、春秋社のリーフレットには、『西行論』は含まれているが『源実朝』は含まれていない。限りなく武門の外へ越境した二人のうち、文芸作品としての評価は別にして、吉本は人間西行の側に親近感を覚えていたのだろう。

ところで、目崎徳衛の『西行』新装版第五刷追補には、弘川寺の西行から死の前年に慈円へ送られた和歌二首が、近年発見されたとの研究成果が紹介されている。それらのうちの一首は、「訪ね来つる宿は木の葉に埋もれて　煙を立つる弘川の里」だった。有名な「ねがはくは花の下にて春死なん　そのきさらぎの望月のころ」という、**特異な〈資質〉に基づいた歌の一方で、このような生活圏の歌が詠まれていた**ことを知ると、吉本の親近感の源泉を覗きこむような気にさせられる。

小林秀雄の断定とは異なり、西行は自分の肉体の行方ばかりではなく、自分の思想の行方をも、最期のみぎわでは、はっきりと見定めたと思える。それは、自分の身辺にこそ生活を見るという思想だった。

（初出：同題『流砂』6号）

第7章　吉本隆明の芥川論

吉本隆明は、芥川龍之介の『路上』という小説を、夏目漱石の『三四郎』や森鷗外の『青年』にあたる作品だと位置づけている（『愛する作家たち』）。なるほど、東京を舞台にして、学生である俊助のまわりに、辰子と初子という若い女性が配置された小説だから、青春文学であることは間違いない。おまけに、漱石の小説と同じく国府津という地名が登場するし、鷗外の小説のような半玉ではないものの、カフェの給仕女が登場する。だが、国府津を訪れるのは俊助ではなく、大井という学生だ。また、給仕女が好意を抱いている相手も、俊助ではなく大井だ。

もっと決定的な違いもある。漱石の小説の三四郎は、九州から東京へと向かう汽車の中で出会った女と、「迷羊（ストレイシープ）」の美禰子から、それぞれ別れを告げられることによって〈青春〉期を脱し、大人への入り口に佇つ。同様に、鴎外の小説の純一は、坂井夫人と半玉おちゃらの二人からの別れによって、大人の世界を駆け抜ける態勢が整う。つまり、成熟した女性と少女の二人からの別れが小説の根幹を形づくっているのだが、芥川の『路上』には、そういう構造がない。

もちろん、『路上』は、前編だけの小説で後編は書かれていないから、もし書かれていたなら、漱石や鷗外と同じ構造が出現していた可能性を、否定は出来ない。しかし、少なくとも公表された前編を読んだ限りでは、その可能性の予兆さえ見当たらないというしかない。

＃『路上』に描かれた精神病院

小説『路上』には、俊助・初子・辰子の三人が精神病院を訪れる、次のような場面がある。

初子は、長編小説を書くために、精神病院（癲狂院）を見物したいという。それを人づてに頼まれた俊助は、辰子を含めた三人で、知り合いの新田が医師をしている病院を訪問する。（ちなみに、辰子は初子の従妹で、絵の学校に入るため東京へ出てきたばかりだ。）

新田に案内された病室では、鉄格子の近くで令嬢（患者）が熱心にオルガンを弾いていた。新田は令嬢に声をかけたが、令嬢は振り返る気色さえ見せなかった。**のみならず**、新田が軽く彼女の肩へ手をかけると、恐ろしい勢いでふり払いながら、それでも陰鬱な曲を弾きやめなかった。また、別の広い畳敷の病室では、二十人近い女の患者が、一様に鼠の棒縞の着物を着て雑然と群羊のごとく動いていた。

辰子と俊助は先に応接室へ戻った。辰子は、応接室にあったピアノの蓋を開けて、**薔薇の匂いのする沈黙**を追い払おうとするように、**二つ三つ鍵盤を打った。しばらくして、初子と新田が、応接室へ戻ってきた。新田は、見せてやりたいものがあるといって、俊助だけを再び誘い、今度は男性の病室を案内した。そこには、磐梯山が爆発すると言い続ける患者がいた。新田は、俊助に、「この連中が死んだ後に脳髄を出してみると、薄赤い皺の上に卵の白味のようなものが指先ほどかかっているんだよ」と、説明した**――。

ゴシックの部分については後に説明するが、それにしても、初めて二人の若い女性と待ち合わせて訪れる場所が精神病院というのは、どちらかといえば異常な場面設定ではある。しかも、二人のうちの一人である辰子は、俊助がほのかに心を寄せる女性だ。なのに、なぜ一緒に訪れる先が精神病院なのか。これは、考えるに値する疑問だ。

そこで試みに『或阿呆の一生』に眼を移してみると、ほぼ同一の描写がみられることに気がつく。違いは、芥川の実母について触れられた箇所がある点だけだ。

《狂人たちは皆同じように鼠色の着物を着せられていた。…中略…彼らの一人はオルガンに向い、熱心に讃美歌を弾きつづけていた。…中略…彼の母も十年前には少しも彼等と変わらなかった。少しも、――彼は実際彼等の臭気に彼の母の臭気を感じた。》

《その部屋の隅にはアルコオルを満した、大きい硝子の壺の中に脳髄が幾つも漬っていた。彼はある脳髄の上にかすかに白いものを発見した。それはちょうど卵の白味をちょっと滴らしたのに近いものだった。彼は医者と立ち話をしながら、もう一度彼の母を思い出した。「この脳髄を持っていた男は××電燈会社の技師だったがね。いつも自分を黒光りのする、大きいダイナモだと思っていたよ。」》（「二　母」）

芥川の実母は、彼の生後まもなく精神疾患を発症し、その十年後に亡くなっている。その後の芥川は、養父母と伯母に育てられた。ちなみに、同じく『或阿呆の一生』において、芥川は、この一生独身だった伯母に対し、「誰よりも愛を感じていた」と記している。

では、実母に対してはどうだったのか。芥川の乳幼児期に発病して死亡した実母の像や言葉は、芥川の記憶に形としては残らず、ただ音と匂いとしてのみ残った。ただし、その音や匂いが、幼くして実際に体験した音や匂いであったといいうるだけの根拠はない。むしろ、後年になって空白を埋めるかのように人工的に嵌めこまれた、音や匂いだったと考えたほうがいいかもしれない。そして、実母の音と匂いは、精神病院の音と匂いに結びついて、芥川の後年の〈資質〉を人工的に形づくった。

こう考えてくるなら、『路上』は、青春文学でありながら、実母の姿を人工的にまとわりつかせている作品だといって、間違いはないだろう。否、正確には、青春文学が常に影としての母をまとわりつかせているように、人工の追憶としての実母を、精神病院の音と匂いによって造形した作品だといいうる。

#大川の匂い

実母の音と匂いが、後年になって人工的につくられたものであるなら、芥川龍之介の実際の記憶に残る音と匂いとは何だったのか。

吉本隆明は、柳川龍之介の筆名で書かれた処女作『大川の水』を、芥川の〈資質〉の表現として挙げている（『芥川龍之介の死』）。吉本が引用しているのは「自分はどうして、かうもあの川を愛するのか。あの何方（どちら）かと云へば、泥濁りのした大川の生暖かい水に、限りない床しさを感じるのか。」という箇所だが、他に次のような結論めいた自註も、『大川の水』には含まれている。

《長旅に出た巡礼が、ようやくまた故郷の土を踏んだ時のような、さびしい、自由な、なつかしさに、とかしてくれる。大川の水があって、はじめて自分はふたたび、純なる本来の感情に生きることができるのである。》

《もし自分に「東京」のにおいを問う人があるならば、自分は大川の水のにおいと答えるのになんの躊躇もしないであろう。ひとりにおいのみではない。大川の水の色、大川の水のひびきは、我が愛する「東京」の色であり、声でなければならない。》

一見して美しく書かれているが、大川（隅田川）の「におい」「色」「声」とは、実は「泥濁りのした」「なま暖かい水」「銀灰色の靄と青い油のような川の水と、吐息のような、おぼつかない汽笛の音と、石炭船の鳶色の三角帆」（前掲書）でもある。

これらを、吉本は、芥川の「自然的〈資質〉」と呼んでいる。同じく吉本によるなら、芥川の自然的〈資質〉とは、中産下層階級という自己の出身階級に対する劣等感と結びつくものだった。

そして、この自然的〈資質〉の放棄と、文学的生涯の出発との不幸な一致は、芥川の文学的自殺を暗示していたと述べている。

吉本の言う自己の出身階級に対する劣等感には、父に対する劣等感も含まれている。小説『父』の能勢五十雄（のせいそお）は、修学旅行へ出かける停車場で、級友を前に辛辣で諧謔な人物評を展開していた。あのお上（かみ）さんは「河豚（ふぐ）が孕んだような顔」、赤帽は「カカロ五世」、羊羹色の背広を着た年配の男は「ロンドン乞食」。しかし、その男は、五十雄に内緒で見送りに来た父だった。五十雄は、級友に対して、父だと言えなかったのだ——。

道化の罰が父を辱める図式によって、芥川は出身階級からの復讐を自己確認していると、吉本は述べている。

しかし、その図式と自己確認に、実母は含まれていない。実母に関する芥川の記憶自体が空白だったからだ。だからこそ、芥川は後年になって人工的に、精神病院の音と匂いによって、人工的に実母を造形するしかなかった。そうすることによって、人工的〈資質〉を形成し、自然的〈資質〉に欠落していたものを埋めようとしたのだ。

吉本は、「もしも芥川が自らの鎧、つまり知識・教養として西洋から身に着けたものをすべて取り払い、裸のままで下町の親愛感に回帰することができたら、生涯をまっとうできていたはずです。」（『吉本隆明未収録講演集〈8〉』）と述べているが、下町には大川はあっても、父は嫌悪の対象でしかなく、実母はとうに不在だった。いいかえるなら、芥川が下町へ「回帰」しようとすれば、大川と父母（の否定や不在）とをセットにして回収することが必要条件だった。しかし彼はそうするかわりに、文芸を経由した、もう一つの〈資質〉の構築へと向かった。

〈資質〉から文芸へ

芥川の物語群は、自己の作家的〈資質〉を捨て、出身階級コムプレックスに促されながら、爪先立って人工的な構成の努力を支えた苦痛な作品だったと、吉本隆明は述べている。還る場所としての自然的〈資質〉を、持たなかったということだろう。なぜなら、芥川の自然的〈資質〉には、大川という場所の匂いと色と声以外には、否定されるべき父と実母に代わる伯母だけが含まれ、実母が含まれていなかったからだ。

そうであるがゆえに、芥川の物語群には、自然的〈物質〉以外に病的〈資質〉が凝集されることになる。そのような文芸の一例として、吉本は『妖婆』を挙げている。『妖婆』の梗概を、以下に記しておこう。

日本橋の若主人＝新蔵の恋人であったお敏が行方不明になったため、神下しのお島婆さんの所へ伺いを立てに行くと、出てきたのがお敏だった。お島婆さんは婆沙羅（ばさら）の神を下してその言葉を聞くときに、お敏の体を使う。お敏が逃げようとしても、妖術で逃げられなくする。新蔵の友人の泰さんは、お敏に神がかりの真似をさせ、新蔵との恋を邪魔するなとの神託をお敏が言う計画を立てるが、失敗する。そのとき落雷があり、新蔵は気を失うが、気が付いた時はお敏がかいがいしく世話をしていた。一方、お島婆さんは死んでしまった。婆沙羅の神に殺されたのだ——。

吉本は、『妖婆』には、おもしろい点が二つあると述べている（『愛する作家たち』）。一つは、異様な超自然的世界を主題にしている点だ。ここからは、『歯車』などの病的〈資質〉に由来する文芸が出てくる。もう一つは、東京下町の世界が描かれている点だ。つまり、その時代の本所界隈の風俗描写にほかならない。

では、この作品の、どこに〈資質〉が凝集されているのか。東京下町世界に象徴される自然的〈資質〉と、超自然的事象に象徴される病的〈資質〉が、かろうじて均衡を保っているところが、文芸に凝集された〈資質〉なのだ。

#文芸から心的現象へ（1）

東京下町世界に象徴される自然的〈資質〉と、超自然的事象に象徴される病的〈資質〉の均衡は、もちろん安定したものではない。晩年の作品を待たずとも、先に触れた『路上』においてさえ、均衡が破れそうになる場面が貌をのぞかせていた。たとえば、音楽会が終わった後、大井と藤沢という仏文の学生に引き留められた俊助が、同人誌の茶話会へ出席しなければならなくなった場面だ。そこで俊助は、花房という、やはり仏文の学生と出会う。そして、「妙な事」を発見する。

《それは花房の声や態度が、不思議なくらい藤沢に酷似していると云う事だった。もし離魂病(りこんびょう)と云うものがあるとしたならば、花房は正に藤沢の離魂体(ドッペルゲンゲル)とも見るべき人間だった。が、どちらが正体でどちらが影法師だか、その辺の際どい消息になると、まだ俊助にははっきりと見定めをつける事がむずかしかった。》

単によく似た人がいたというだけで済ますことができず、わざわざ「離魂体」という解釈を持ち出している。こういう二重身(ドッペルゲンゲル)は、[*1] 現代の精神医療の現場では、それほど頻繁に見かける症候ではない。おそらく、確固とした自己というものが成立しにくくなった現代社会においては、むしろ多重人格性障害[*2]のように、短時間で変容する病像のほうが、時代親和的だからであろう。しかし、日本の近代化過程においては、二重身は、あたかも自己が成立するときの苦悩であるかのように、しばしば文芸の中でとりあげられた精神現象だった。芥川の場合でいえば、自然的〈資質〉の中に生じた空白を、人工的に十分埋め合わせえないときに、病的〈資質〉が引き寄せられる。その危うい均衡と破綻から萌す病像が、二重身だった。

芥川における危うい均衡と破綻の様相を見ていこう。『二つの手紙』という、比較的初期の作品がある。

「私」から警察署長に宛てた第一の手紙には、私の二重身〈自己像幻視〉と妻の二重身が、三回にわたって出現したことが記されている。その理由について、「私」は、いわれなき妻の不品行を世間が囃し立てているからだと解釈している。同僚が姦通事件の新聞記事を声に出して読んだことや、自宅の塀にいかがわしい落書きがあったことは、すべてその証左だ。それらは夫婦に対する凌辱で脅迫だから、世間を罰してもらいたい。だから、「私」は警察署長へ手紙を書いた。

第二の手紙には、「私」の妻が失踪したこと、「私」は勤め先の学校を辞職し、超自然的現象の研究に従事するつもりであることが書かれ、以下、ほとんど意味をなさない哲学じみた内容が、長々と記されていた——。

二重身でとどまっている限りは、『路上』における茶話会での経験と同様に、危うい均衡というだけで済んだ。しかし、凌辱で脅迫だと解釈するようになると、均衡は破綻し病気が露呈する。あらゆる事象が自己へと引き寄せられ、関係妄想として病的な意味が付されていく。本来は無関係であるはずの事象が二つ重ねられることによって、別の意味を帯びてしまうからだ。他方で、「私」は、妻の失踪が「私」の病気のせいかもしれない可能性には、まったく考えが及ばない。こうなると、「私」は引き返すべき場所を持たず、ただ「超自然的現象の研究」に突き進むしかなくなるのだ。

＊1　自分の姿が見えたり、自分の気配を感じたりする現象。前者を自己像幻視という。
＊2　一人の人間に、二つ以上の人格が、交互に出現する現象をいう。虐待が背景にある場合が多い。

＃文芸から心的現象へ（2）

『路上』には、二重身以外にも、不思議な表現が含まれている。その一つが、「**薔薇の匂いのする沈黙**を追い払おうとするように、二つ三つ鍵盤を打った」という表現だ。この箇所について、吉本隆明は、匂いとして描写するとおかしいというしかない使い方が、この頃（『路上』は大正八年の作品）から多くなっていると指摘している。*3

どういうことだろうか。「薔薇の匂い」と「沈黙」は、本来は結びつきようのない二つの事象だ。それらが重ねられることにより、別の意味を帯びることになる。ただし、別の意味とはどのような意味なのかは、明らかではない。ただ、意味ありげなつながりが、結晶化せずに浮遊したままなのだ。ちなみに、こういう使い方は、晩年の作品では「薔薇の匂のする懐疑主義」（『或阿呆の一生』）といった形で繰り返されている。

もう一つ、吉本が指摘している表現上の特徴がある。同じ頃から「のみならず」という言葉が、頻用されるようになるという指摘だ。『路上』には、《俊助は好奇心が動くと共に、もう好い加減にアルコオル性の感傷主義（センチメンタリズム）は御免を蒙りたいと云う気にもなった。**のみならず**、周囲の卓子（テエブル）を囲んでいる連中が、さっきからこちらへ迂散（うさん）らしい視線を送っているのも不快だった。》という表現がある。これらの表現は、ことさら異常とは映らない。同質の事象を二つ重ねた、しかのみならず〈加之〉という使い方に過ぎず、何ら不自然さを感じさせない。

しかし、《前の人力車に乗っているのはある狂人の娘だった。**のみならず**彼女の妹は嫉妬のために自殺していた。》(『或阿呆の一生』)あたりになると、自然のように見えても、どこかちぐはぐに映る。〈人力車‐乗る‐娘〉と〈嫉妬‐自殺‐妹〉とのあいだに、同質性がないからだ。

吉本は、このような「のみならず」の使い方は、師である漱石から学んだものであり、「病気の兆候がだんだん多くなった一つの文学的兆候」だと述べている。異質なものを「のみならず」によってつなげる表現は、一方の意味が他方の意味を、比喩として形づくっているわけではない。あくまで異質なものを、一見異質でないかのように並べることで、別の病的意味を析出させているのだ。つまり、文芸表現の中に折りたたまれた、関係妄想の構造にほかならない。

『二つの手紙』と『忠義』の構造

ところで、吉本隆明が、〈乗り継ぎ〉という言葉で説明している、芥川の歴史小説と現代小説の対がある(『悲劇の解読』)。〈乗り継ぎ〉とは、一つの機関車に牽引された列車が、接続駅の引

＊3　吉本によると、芥川の「匂い」には、(1)芥川自身が匂いに過敏であったことによる表現、(2)光や色までをも連想によって匂いのまわりに寄せた健常な描写、(3)関係づけの異常を示す幻臭の三種類があるという。(『匂いを讀む』)

き込み線路に誘い込まれた後、別の機関車に牽引されて発車していくことを指すらしい。吉本が、この比喩によって言いたかったことは、異常心理や不信や疑惑を描くとき、芥川の関心は現代的課題にあり、もはや歴史物語に仮託する必然性はなくなっていたということだった。

この説に従うなら、『二つの手紙』に先行する歴史小説は、異常心理を描いた『忠義』になる。『忠義』は、「板倉修理は、病後の疲労が稍恢復すると同時に、はげしい神経衰弱に襲われた。」という一文から始まる。歴史小説にはミスマッチな神経衰弱という言葉を、あえて冒頭から使っている点に、歴史物語の枠からはみ出てしまうモチーフが、予告されている。

修理の神経衰弱の症状には、肩がはる、頭痛がする、書見に身が入らないなどのほか、蒔絵の唐草の細い蔓や葉・象牙の箸・青銅の火箸・畳の縁の交叉した角・天井の四隅が、刃物のような不安をかきたてる等があった。今日でいう尖端恐怖の症状だ。もっとも、ここまでなら、未だ関係妄想にまでは至っていない。

しかし、修理は、興奮・逆上・刀に手をかけようとするといった、精神運動性の症状をも呈するようになった。そのため、家臣から当然にも「心の病」とみなされ、隠居をすすめられた。進退窮まった修理は、時鳥（ほととぎす）の啼く声を聴いて、家臣の宇左衛門に対し、「あれは鶯の巣をぬすむそうじゃな。」と言った。そして、隠居を受け入れるかわりに、一度だけ吉宗に御目通りがしたいと述べ、宇左衛門はそれを受け入れた。

登城した修理は、細川越中守を殺害した。当時の定評では、本家の板倉佐渡守を殺そうとしたが、薄暗い場所で紋が似ていたため、誤って細川越中守を斬ったということだった。しかし、板倉佐渡守は、この定評を苦々しく思い、迷惑な憶測だとした。そして、乱心者は時鳥がどうやらと言っていたそうではないか、されば、時鳥と思って斬ったかもしれぬと言った――。

修理が時鳥に託して語ったのは、本家（時鳥）が自分（鷺）を陥れ、家督を奪おうとしているという関係妄想だった。彼の病状は、すでに尖端恐怖の水準を超え、後戻りが出来ないまでに達していた。ちょうど、『二つの手紙』の「私」が、警察署長宛の手紙を書いた後、もはや後戻りが出来ず、職場を辞職して超自然現象の研究と心中しようとしたようにだ。

つまり、関係意識が妄想へ至る瞬間をとらえるに至った段階における歴史小説が『忠義』であり、同じ瞬間をとらえた現代小説が『二つの手紙』だった。

〈倫理〉の拡散へ

もう一度整理するなら、『路上』では、二重身は、未だ関係妄想を引き寄せるまでには至らず、「妙な事」という批判的視点を保ち得ていた。ところが、『二つの手紙』になると、二重身に関係妄想が加わり、妻の失踪へと至る。失踪の直接的理由はつまびらかではないが、夫（「私」）の言動の異常さに耐えかねてかもしれない。しかし、「私」は、その可能性を全く考慮することが出来ない。

もちろん、「私」の心理の根底には妻への疑惑が横たわっていたのだが、それを無理にでも打ち消す心理が同時に「私」に働いていたことは、いうまでもない。そして、ある水準に至ると、打ち消す心理だけがせりあがり、妄想にまで至る。つまり、自然的〈資質〉を病的〈資質〉が上回りはじめていることも、また確かだと思える。言い換えるなら、両方の〈資質〉の均衡の上にかろうじて成り立っていた〈倫理〉が、崩れ始めたということだ。

では、〈倫理〉の崩壊が〈倫理〉の拡散にまで至ったとき、何が生じるのか。

最晩年に書かれた作品『夢』には、二重身は出現せず、ただ失踪のみが描かれている。画家の「わたし」は、疲れて不眠症もはなはだしかったが、**のみならず**偶々（たまたま）眠ったと思うと、夢を見がちだった。為替を取りに行き金が入った「わたし」は、ふと制作欲が湧き、モデルをやとった。「わたし」は彼女の体に野蛮な力を感じ、**のみならず**彼女の腋の下や何かにある**匂**も感じ出した。その**匂**は、黒色人種の皮膚の臭気に近いものだった。彼女が帰ったあと、薬をのんで眠った「わたし」は、彼女を絞め殺した夢を見た。

翌日、彼女が来るのを待ちながら、「わたし」は、子供のころを思い出していた。子供の「わたし」は、線香花火に火をつけているつもりで、葱畑の葱に火をつけ、**のみならず**マッチの箱も空になっていた。「わたし」の生活には「わたし」自身の知らない時間があることを、考えないわけにはいかなかった。モデルの女は、次の日も来なかった。彼女の住居地である西洋洗濯屋を訪ねた「わたし」は、職人たちから「あの人は時々うちをあけると、一週間も帰ってこないんですから。」

と、説明を受けた。西洋洗濯屋も職人も、何か月あるいは何年か前に見た夢とかわらなかった――。

吉本の指摘どおり、「のみならず」が頻出している。また、匂いに関する描写も見られる。なお、子供のころの体験は精神現象としての解離であろうし、西洋洗濯屋をめぐる夢の話は、既視感（デジャビュ）であろう。

さて、この小説では、「わたし」のアイデンティティは、アイデンティティという言葉が成立しえないほどにまで拡散している。そうであるがゆえに、自然的〈資質〉は消え、病的〈資質〉のみが前面へせりだしてくる。その結果、モデルの女性は、本当は「一週間も帰ってこない」〈精神現象の遁走（フーグ）〉だけで、実際は生きているかもしれないのに、「わたし」は絞め殺したのではないかと思う。子供時代の解離と同様、「わたし」自身の知らない時間に、そうしたかもしれないからだ。だが、それは何ら実感を伴っていないから、〈倫理〉にまで凝集することはない。

ここまで検討してくると、次のような整理が可能になる。まず、芥川の自然的〈資質〉からの脱出志向は、『父』を含む初期作品群を産んだ後、『忠義』『二つの手紙』でターニングポイントを迎えた。つづく『路上』や『妖婆』などの中期作品群は、自然的〈資質〉が病的〈資質〉と危うい均衡を保っているがゆえに、文芸が〈倫理〉でもあるような、特異な位置づけを孕むことになった。そして、『歯車』『夢』『或阿呆の一生』などの晩期作品群に至ると、病的〈資質〉のみがせりだした結果、〈倫理〉は消え、自己は拡散へと向かう。

こういう図式を示すことは、文芸作品を貧しくするものだろうか。そうかもしれない。だが、芥川の自然的〈資質〉を構成する大川が、父の否定と実母の不在を代替しようとして出来ず、それゆえに還る場所を持たなかったこと、そこから出発した文芸への志向が、吉本の言う「自然的〈資質〉の放棄」と引き換えになされるしかなかったこと、そして、〈倫理〉が成立しない極点にまで至った文芸は、必然的に精神現象を引き寄せざるをえなかったことは、ある種の普遍性をもって語られてもよいだろう。

（書き下ろし）

第8章　吉本隆明の太宰論

――言い切らんことばやさしくポケットの手に触れている太宰治全集（岸上大作『意志表示』）

敗戦直後に学生だった吉本隆明は、三鷹に住む太宰治を訪ねた。一度目は留守で会えなかったが、二度目に「お手伝いさんみたいなおばあさん」に教えられた屋台へ行き、会話を交した。続いて、「小料理屋的呑み屋みたいなとこ」へ連れられていった。橋川文三との対談（「太宰治とその時代」『思想の根源から』所収）において、吉本は、そう語っている。

このとき交わされた会話は、次のような内容だった。


《「学校はおもしろいかね。」

「ちっともおもしろくありません。」

「そうだろう、文学だってちっともおもしろくねえからな。だいいち、誰も苦しんでいねえじゃねえか。そんなことは作品を二、三行よめばわかるんだ。おれが君達だったら闇屋をやるな。ほかに打ちこんでやることないものな。」

「太宰さんにも重かった時期がありましたか？　どうすれば軽くなれますか？」

「いまでも重いよ。きみ、男性の本質は何んだかわかるかね。」

「わかりません。」

「マザーシップだよ。優しさだよ。きみ、その無精ヒゲを剃れよ。」》(「現代学生論――精神の闇屋の特権を」『擬制の終焉』所収)

吉本の読者のあいだでよく知られるようになった、この挿話を記したあと、吉本の筆は、六〇年安保闘争後の学生に呼びかけた、「精神の闇屋になれ」という主張へと向かう。闇屋の特権がなければ、この世の革新派の末端に合法的にしがみついて資本主義の構造を改良する商売をはじめるほかないが、精神の闇屋は、一介の生活人に過ぎなくても、革新派や保守派的な秩序の外で語ることが出来る。それが、太宰の言葉を経由した吉本の主張だった。

#マザーシップ――『春の枯葉』『母』

では、「闇屋」に続いて太宰が語った、「**マザーシップ**」とは何か。とりわけ、「マザーシップ」が「男性の本質」であるとは、いったい何を意味しているのか。このことについて吉本隆明は、直接的には何も言及していない。

吉本が太宰宅を訪ねた目的は、戯曲『春の枯葉』を上演するための、許可をもらうことにあったという。

『春の枯葉』は、敗戦後の津軽の海岸に住む、国民学校教師の野中と、野中の妻、野中宅に同居する若い教師の奥田、および奥田の妹が登場する、一幕三場の戯曲だ。春になって雪は消えたが、そこに現れたのは青草ではなく、汚らしい枯葉だった。(つまり、敗戦を迎えたが、そこに現れたのは、旧態依然たる田舎の人間の心だった。)永い冬のあいだ我慢して、いったい何を待っていたのだろう。それがタイトルの意味だ。

ちなみに、この戯曲には、「あなたじゃ　ないのよ　あなたじゃ　ない　あなたを　待っていたのじゃない」という流行歌が挟まれている。この歌の「あなた」とは、米軍を指しているという。[*1] 米軍を待っていたのでないなら、何を待っていたのか。旧来の〈倫理〉が意味をなさなくなる瞬間を、待っていたのだ。

戯曲の中で、アルコールに依存している野中は、妻から「人間は、努めてたくさんの悪い事をしたほうがいいのですか?」と詰問され、「国民学校の先生になるという事はもう、世の中の敗残者、失敗者、落伍者、変人、無能力者、そんなものでしか無い証拠だという事になっているんだ」と答える。また、妻は、若い奥田の妹から「いじめ」られていると感じ、奥田に「わたくしのどこがいけなくて、みんながわたくしをこんなにいじめるのですか」と問う。それに対して、奥田

*1 「太宰はぼくの友人の吉本隆明に、『このあなたはアメリカを指しているんだよ』とひそかに説明してくれました。」(奥野健男『太宰治』)

は、「おくさん、善悪の彼岸という言葉がありますね…中略…倫理には、正しい事と正しくない事と、それからもう一つ何かあるんじゃないでしょうかね」と応じる――。

学生であった吉本（たち）をとらえ、戯曲の上演へと向かわせた思想は、この「善悪の彼岸」というあたりに潜んでいたのではないか。そう考えれば、吉本が「精神の闇屋」へと学生論を展開していく理由が、わかってくる。だが、「マザーシップ」との関係については、依然としてわからないままだ。

戯曲の終わりになると、野中は闇屋のアルコールを飲んで死んでしまう。妻は、死体に武者ぶりついて「すみません、すみません…中略…わたくしは、心をいれかえたのよ。これからはお酒のお相手でも何でもしようと思っていましたのに、あなた！」と号泣する――。

結局、女性の「マザーシップ」に守られてしか、男性の「善悪の彼岸」は成立を許されていない。そう語っていることになる。常識的には甘ったれた話だろう。だが、大上段に構えた「善悪の彼岸」といえども、その程度のことでしかない。太宰はそこまで言い切っているように読める。そう考えるなら、甘ったれた話の中には、太宰の自己相対化と断念が含まれていると思えてくる。

戯曲中の野中は、外国語を自由に読むことさえできない人物として描かれているから、少なくとも太宰自身の一側面を体現した存在ということになろう。[*2] その野中を妻が無条件に受け入れない限り、野中は死んでしまうしかない。現実の太宰もまた、そういう存在であった。

では、「マザーシップ」と対になっている「無精ヒゲを剃れよ」とは、いったいどういう意味なのか。無精ヒゲを剃らないまま「善悪の彼岸」を語ったとしても、急ごしらえの民主主義者のように、言葉は宙に舞うだけだ。そうでなければ、ナイフのごとき言葉で他人を傷つけているようにみえて、自分を傷つける結果になる。パビナール中毒の渦中で書かれた、太宰の作品がそうだ。だから、太宰は、「いまの世の中の人、やさしき一語に飢えて居る。ことにも異性のやさしき一語に。明朗完璧の虚言に、いちど素直にだまされて了いたいものだね。」(『創世記』)と書かざるをえなかった。

つまり、女性の「マザーシップ」は虚言であってもいい、それに「素直」に騙されるのが男性の「マザーシップ」であり、「優しさ」だと言っていることになる。そのためには、無精ヒゲを生やしたままではいけない。いかにも強弁ではあろうが、それは太宰の本心でもあった。

ところで、『春の枯葉』の半年後に発表された太宰の小説に、『母』という小品がある。太宰自身とおぼしき作家が、読者の青年の実家である宿屋に誘われて泊まる。そこには四〇歳前後の薄化粧をした女中がいた。作家は、ここは単なる宿屋ではないと直感する。案の定、夜中に作家が眼をさますと、隣の部屋からは男女の会話が漏れ聞こえてくる。男は、故郷へ向かう途中の、若い帰還兵だ。女は先ほどの女中で、少年兵の母と同じくらいの年齢のようだ。

＊2　(『パンドラの匣』に描かれた「アメリカの兵隊が来たら、或いは僕を通訳としてひっぱり出すかも知れないんだ…中略…これで通訳なんかにひっぱり出されて、僕がへどもどまごついているところを見られたら、あの助手たちが、どんなに僕を軽蔑するか、わかりゃしない…中略…このごろ、それが心配で、夜もよく眠られぬくらいなんだ。」は、実際の太宰の姿だと言われる。

少年兵は女に、「あなたは、さっき、指にやけどしたとか言っていたけど」「やけどに、とてもよくきく薬を…中略…塗ってあげましょうか」「電気をつけてもいいですか?」と尋ねる。リュックサックから薬を取り出そうとする少年兵を、「電気をつけちゃ、いや!」と鋭い語調で女は制した。作家は、それを聞きながら「電気を、つけてはいけない。聖母を、あかるみに引き出すな」と一人うなずく。その後、女中は「あしたは、まっすぐ家(うち)へおかえりなさいね」「寄り道しちゃだめよ」とつぶやく。たった、それだけの作品だ。

もちろん、女中が少年兵に肉体を与えるのは、それが仕事だからだ。たとえ、「寄り道しちゃだめよ」という言葉に、いくばくかの「母」の気持ちが含まれているにしてもである。しかし、作家は彼女を単なる「母」ではなく、「聖母」に見立てる。女性の「マザーシップ」が大部分は虚言であっても、あえて騙され「優しさ」を感じることが男性の「マザーシップ」だと、信じているからだ。

このような「マザーシップ」がなければ、ほんとうの闇屋として生きていくことは出来ない。それが、太宰の言いたかったことだ。まがうことなき太宰の本心なのだが、口にすれば恥ずかしさがまとわりついてくる言葉でも、あったはずだ。にもかかわらず、それを若き吉本に語ったのは、「生意気な若い詩人たちを毛嫌いする」一方で、「内気な、勉強家の二、三の学生に対してだけは、にこにこする」(『花吹雪』)太宰の〈資質〉ゆえだったに違いない。

＃秘め事――『斜陽』『日の出前』

太宰治を吉本隆明が訪ねたのは、太宰が『斜陽』を執筆していた時期だったというから、一九四七年頃であろう。「ぼくが作者に会ったとき、この作品〔＝『斜陽』・引用者註〕を書いている前後かと思うんですけど、いったい人間の特徴は**秘め事**をもっていることなんだよとさかんにいっていました」（『愛する作家たち』）と、吉本は記している。

『斜陽』に描かれた没落貴族の「お母さま」には、上に「かず子」、下に「直治」という子どもがいた。麻薬中毒の直治は、すでに嫁いでいたかず子に無心し、小説家である「上原」の住むアパートへ金を届けてくれと頼んだ。心配になったかず子は、上原のアパートを訪ねた。上原は帰り際に素早くかず子にキスをし、そのときからかず子には「**ひめごと**」が出来てしまった。必ずしもそればかりが理由ではなかったが、かず子は夫と別れた。一方、直治も敬愛する上原のところへ、毎晩のように遊びに出かけた。

その後、お母さまは亡くなった。「戦闘、開始」。ローザ・ルクセンブルグのように、かず子は、「恋一つにすがらなければ、生きて行けない」と考え行動した。かず子が上原と寝た翌朝に、直治は自殺した。直治の遺書には「僕に、一つ、秘密があるんです」と記されていた。そして、ぼかした書き方にしてあるものの、上原の妻に恋こがれる気持ちが綴られていた。それを読んだかず子は、おそらく最後になるであろう手紙を上原宛に書く。

《赤ちゃんができたようでございます。…中略…私の生まれた子を、たったいちどでよろしゅうございますから、あなたの奥様に抱かせていただきたいのです。そうして、その時、私にこう言わせていただきます。「これは、直治が、或る女のひとに内証に生ませた子ですの」》(『斜陽』)

つまり、「秘め事」とは、かず子と上原とのあいだの「ひめごと」であると同時に、直治の秘め事でもあった。だが、直治の秘め事は秘め事のまま、彼は自壊を余儀なくされた。そして、自壊をもたらせしめた責任は、作家の上原にあった。生まれてくる我が子を上原の妻に抱かせてほしいというかず子の手紙は、直治の秘め事とかず子の「ひめごと」を等価交換しようとする試みでもあった。

もっとも、吉本は、『斜陽』という作品について、「あまりにおあつらえむきすぎて、ぼくらにはちょっと照れくさくて読めないないというところもないことはない」(『愛する作家たち』)と語っている。では、「あまりにおあつらえむき」とは何を指しているのか。

それほど複雑な内容を指しているわけではない。「おあつらえむき」とは、「作り過ぎ」というほどの意味だ。吉本は、『右大臣実朝』と対比させつつ、次のように述べている。

《わたしは『斜陽』は、太宰治の作品の中では、それほど評価できない。作り過ぎだと思えるところがあるからだ。華族が没落していく過程というのは、本当は太宰治にとっては（当時の誰にとっても）あまり関心のあることではなかった。》

《『右大臣実朝』では、実朝の性格自体の中に、自分の私的な性格を溶かし込んで、陰謀渦巻く幕府の深層をよく知っていながらおっとりと構えている人物、自分がだれから殺されそうだとか、北条氏に取って代わられそうだとかいうこともよく心得ていながら平気な顔をしている人物として描いている。『斜陽』の場合には…中略…最もよく描けているはずの登場人物に与えた華族像は太宰には縁のない世界だと言うほかない。》（『日本近代文学の名作』）

このような「作り過ぎ」が、「おあつらえむきすぎて」の意味だった。

一方、「おあつらえむきすぎて」と並べて吉本が語った「照れくさくて」に関しては、該当箇所を、すぐにいくつでも挙げることができる。たとえば「ローザ・ルクセンブルグのように」という箇所がそれだ。あるいは「あなたは、更級日記の少女なのね」。さらに、「バイロンの詩句を原文で口早に誦して」という箇所を挙げてもいい。こういう比喩が次々と出てくる。（ただし、『斜陽』の基になったといわれる太田静子の『斜陽日記』には、たしかにローザ・ルクセンブルグやレーニンや更級日記が登場するから、これらは太宰の全くの創作ではない。）

もちろん、これらは、人前では「照れくさくて」声に出せないというだけの話だ。誰もいないところで黙読するぶんには、好意的な微笑が生じてもいい。「戦闘、開始」「私ね、革命家になるの」といった台詞に出会ったときは、特にそうだ。しかし、これらの表現を可能にするような女性の存在もまた、「おあつらえむき」（作り過ぎ）ということになるのではないか。

一例をあげるなら、小説の終盤で、太宰はかず子に、次のように語らせている。

《革命は、いったい、どこで行われているのでしょう。すくなくとも、私たちの身のまわりに於いては、古い道徳はやっぱりそのまま、みじんも変らず、私たちの行く手をさえぎっていま す。》

《けれども私は、これまでの第一回戦では、古い道徳をわずかながら押しのけ得たと思っています。そうして、こんどは、生れる子と共に、第二回戦、第三回戦をたたかうつもりでいるのです。／こいしいひとの子を生み、育てる事が、私の道徳革命の完成なのでございます。》（『斜陽』）

つまり、『春の枯葉』で描かれた因習が、他ならぬ没落貴族の子によって打破されようとしている。それが「おあつらえむき」（作り過ぎ）という意味だ。

『愛する作家たち』の中で、吉本は、『斜陽』の原型となる作品として『花火』を挙げ、それも「おあつらえむきに書かれているという意味合いでは、戦後になってはじめて書いたとおもいます」と指摘している。[*3]

『花火』（『日の出前』）には、かなりの地位を得た画家の「鶴見仙之助」、その夫人、そして二人のあいだの子どもである「勝治」と「節子」が登場する。勝治には悪い仲間がいた。彼は、金がなくなると、妹の着物や父の絵まで持ち出し換金してしまう。果ては、女中の貯金と肉体まで「強奪」してしまう。そんな勝治の唯一のプライドは、他人に遊行費を支払わせたことが一度もないということだった。節子は、着物を売り払われても勝治を助けようとする。

勝治は、新進作家の「有原」を慕っていた。節子が勝治に頼まれて、料亭と旅館を兼ねた家に金を届けると、そこには有原がいた。勝治は有原をボートに誘うが、有原は断った。酔ったまま一人でボートに乗り込もうとする勝治に「僕も乗ろう」と声をかけて飛び乗ったのは、父の仙之助だった。翌朝、勝治の死体が見つかった。仙之助、節子、有原、そして勝治の悪い仲間や女中までもが取り調べを受け、仙之助の陳述は乱れはじめた。小説の終盤で、「元気を出して」という検事に、節子は「兄さんが死んだので、私たちは幸福になりました」と答える――。

この小説の、どこが「おあつらえむき」（作り過ぎ）であるか、もはや明らかだろう。『春の枯葉』であれば、耐え忍んだあげく「すみません…あなた！」と叫ぶところを、『花火』（『日の出前』）では、「私たちは幸福になりました」と語らせている。つまり、因習が簡単に打ち破られているところが、

＊3　ここでいう『花火』とは、初期習作のそれではなく、戦争中に発表されながら全文削除を命じられ、戦後になって改題されて小説集に収載された短編『日の出前』であろう。

「おあつらえむき」なのだ。

「おあつらえむき」の背景にある事情を、吉本は、戦後の太宰が「マイナーからメジャーのほうに移った」点に求めている。太宰自身にとっては、急にメジャーになったことが不可思議だったから、「マイナーな作家という自分をおそるおそるくずして、メジャーな作家らしく書いてみたはじめての作品」(『愛する作家たち』)が、『斜陽』だというのだ。だとすると、その原型である『花火』(『日の出前』)も、基本的な位置づけは同じということになる。同時代的に太宰の作品に触れてきた吉本だからこその、読み方であろう。

しかし、私のような現在の読者にとっては、大作であれ小品であれ、太宰の小説は常に「メジャー」として眼前に存在する。にもかかわらず、作品中に「マザーシップ」としての「秘め事」(あるいは「秘め事」としての「マザーシップ」)が含まれている限りは、メジャーな小説といえども、個々の読者の中では固有のマイナー性をもって出現することになる。なぜなら、簡単に因習が打ち破られてしまう点は「メジャー」の構造そのものだとしても、そこへ至る「秘め事」すなわちマザーシップは、個々の読者へ引き寄せられて受けとめられるがゆえに、「マイナー」でありつづけるからだ。

『斜陽』でいうなら、直治の「秘め事」とかず子の「ひめごと」の等価交換は、ひとたび個々の読者へ引き寄せられるやいなや、「マザーシップ」としての「秘め事」(あるいは「秘め事」としての「マザーシップ」)に姿を変えてしまう。こうして、メジャー作品の『斜陽』は、現在の個々の読者に固有のマイナー小説として、連綿と読み継がれることになった。

「現在みたいな戦後二番目の大転換期では、やっぱりマイナーな作家がメジャーなところにふっとのせられたり…中略…というようなことがしきりに起こりつつある」「いまみたいな転換期だと…中略…かならずどこかで勘違いしたり、どこかで転換したりとかやっています」（『愛する作家たち』）と、吉本は記している。事実、マイナーであった時代に顔を覗かせていた同時代的な不安が、メジャーを意識しはじめたとたんに姿を消し、代わりに深刻ぶった啓蒙の語りだけが幅をきかせているような小説が、現在の私たちの周りを取り囲んでいる。

「ここ数年来、たいへん健康なことばかりいうやつが表面へ出てきた、というのはたいへん危険な兆候」（前掲書）と、吉本は言う。太宰の記した「健康とは、満足せる豚。眠たげなポチ。」（『もの思ふ葦』）とでも言わざるをえないような事態が、確実に進行しているのだ。『斜陽』という小説に「勘違い」や「転換」を感じる読み方は、もはや太宰と同時代に生きていない私たちの中にはないが、同時代的な作家がマイナーからメジャーになるときの「勘違い」や「転換」自体は、いまも続いているというしかない。

『斜陽』には、実朝のような諦念こそ描かれていないものの、少なくとも「秘め事」と「ひめごと」の等価交換に示される絶望は描かれていた。他方、現在の作家たちによる小説は、太宰のような「秘め事」と「ひめごと」の等価交換はみられず、どこまでも深刻ぶった健康が啓蒙的に描かれているだけだ。そこに現在における不幸がある。

〈倫理〉――『黄金風景』『善蔵を思う』

吉本隆明は、たいへん不健康なことをやってきた太宰治といえども、戦争中は追いつめられて健康な生活者になっていったと記した（『愛する作家たち』）。しかし、表面上の健康さとは反対に、太宰なりの精一杯の不健康さを浸透させ、炸裂させていたとも指摘した。

その代表として吉本が挙げた作品は『お伽草子』であり、この見事な作品の源流は「母親の欠如」にあると、吉本は推測している。「母親の欠如」のままに育てられると、「公」と「私」のうちの「私」を、どんなときにも持ち出せない人間になってしまう。すると、悪くすれば精神異常に陥るしかないが、そこを全て押さえきることが出来れば「公」の人間になりうる。戦争期の太宰は、それが出来たから国民作家たりえたというのである。

ただし、吉本は示唆しているだけだが、国民作家としての作品である『お伽草子』においてさえ、その底には「私」が横たわっていたのではないか。「カチカチ山」の兎と狸に関しても、太宰は「女性にはすべて、この無慈悲な兎が一匹住んでいるし、男性には、あの善良な狸がいつも溺れかかってあがいている」と記している。すべての女性が無慈悲であるとは、文字どおり「母親の欠如」を意味するものであろう。

ところで、「母親の欠如」とは、幼い太宰が実母から離され、女中に育てられたことを指している。

女中をモデルにした作品の一つ『黄金風景』は、太宰がまだ一瞬の健康を獲得する以前（初出は昭和一四年）の作品であり、吉本が随所で繰り返し取り上げている掌編小説だ。

『黄金風景』の「私」は、子どものころ、「お慶」という女中をいじめた。蹴ったことさえあった。文筆で自活できるあてがついたとたんに病を得た私は、保養のため千葉県船橋に小さい家を借りた。そこへ戸籍調べに来た巡査の妻は、お慶だった。後日、巡査とお慶、そして二人のあいだに出来た女の子の訪問を受けた私は、「またの日においで下さい」と怒声を発し、逃げるように海浜へ飛び出した。ふと立ち止まると、三人の声が聞こえてくる。「あのひとは、いまに偉くなるぞ」「そうですとも、そうですとも」「あのかたは、お小さいときからひとり変って居られた。目下のものにもそれは親切に、目をかけて下すった」。私は立ったまま泣いていた。「負けた」と私は思った――。

この作品について吉本は、「詩の延長線でじぶんもこんな掌編を散文詩のようにかけたらなあ」と嘆息し、「この作品を演劇用に脚本化して、好きな俳優に高額の出演料を提供して出演を依頼し、一週間でいいから上演してみたい」と空想したという（『読書の方法』）。

吉本の気に入るかどうかはわからないが、『黄金風景』は、向井理と優香主演で映像化されている。（アベユーイチ監督：テレビシリーズ用の短編で、私はそれなりに気に入った。）原作にほぼ忠実に創られた映像は、それでも原作にはない津軽弁を喋らせ、また幼い「私」がお慶に着替えを手伝わせる場面を挿入して、「私」が母を求める心理を挟みこんでいる。**〈資質〉が〈倫理〉へ向か**

う手前で、太宰を立ち止まらせ拘らせたものが、得ようとして得られなかった母だという解釈を挟みこんだのだ。

　間違った解釈ではないどころか、そのとおりだとさえ言ってよい。だが、余計な挟みこみだという気もする。病的なまでに善と悪とを峻別しようとしていた、この時期の太宰にとっては、善－悪の起源は眼中になく、ただ〈資質〉を〈倫理〉へ昇華させることのみに心を砕いていたと考えざるをえないからだ。

　『黄金風景』を、吉本は、「倫理の匂いもあって完璧な作品」（『読書の方法』）とまで絶賛しつつ、次のように述べる。

《わたしたちが一般に深刻だとおもったり、高度だとおもったりしている心の動きの世界が、単純だが根源的であるような心ばえに敗れてしまい、そのことから文学はもともとこんなところから発生したものだと思わせる貯水池のあることを、読み手に喚起させる。》
《もともと人間の大部分の振舞いは、善でもなければ悪でもない存在だとみなすことで、健常さを維持している。だが太宰治にはそうかんがえられなかった。人間は善でなければ悪であるほかない存在のようにおもい込まれていた。それを修正しようとして一生懸命つとめはじめ、倫理に敏感になっていた頃が、この作品の書かれた時期だとおもう。》（前掲書）

では、太宰はどのようにして「修正」しようとしていたのか。それを、吉本は、「反転された失墜感の世界」（『悲劇の解読』）という言葉で指摘している。つまり、「ひとびとがいつもあざむきあいながら、明るく朗らかにつきあっているようにみえる不可解さ」によって、まず「失墜感」がもたらされる。それに対し、いじめられていた人間が「親切に、目をかけて下すった」と口に出来る不可解さによってもたらされるものが、「反転された失墜感」にほかならない。それは太宰にとっては「戦慄」であり、「人間は信じがたいと思いつづけてきた太宰治の失墜感を、そのままでくつがえすにたりるもの」だというのである。

〈資質〉に善も悪もあるはずがない。また、善も悪もないのが〈倫理〉である。これら二つの公理のあいだには、はかりしれないほどの径庭があった。そこに架橋するため、太宰は生命を賭けるほかなかった。こうして、『黄金風景』の中では、母親の欠如は後景へと無限に退いていくことになった。

この点について、吉本は、「他者との関係への恐怖や、無関心や、無力感はこの時期〔昭和一四年ころ・引用者註〕に影をひそめた」と指摘した上で、次のように続けている。

《人間は出生や資質のようなある程度は偶然に与えられたものを、不可避の必然にまで作りあげたいと願うことがある。だが偶然からはどこまでいっても不可避性は生れてこない。それでもなお偶然に与えられたものを、必然に化したいなら、時として〈死〉のむこう側へ超出することで、生の偶然性を打消してみせるより仕方がない。たぶん太宰治はじぶんの出生や資質に懲罰を加えることで、じぶんの生を必然化したいとおもったのである。》(『悲劇の解読』)

ここに太宰の悲劇があった。だが、悲劇を内在させながら、太宰は〈資質〉から善—悪を打消してみせ、善—悪を超えた〈倫理〉へ転化させようとして作品を書きつづけたのだった。

『黄金風景』の直後に著された作品群の一つに、『きりぎりす』という、ユーモアでまぶした小品がある。有名な「おわかれ致します」ではじまる、いわゆる女性の一人称告白体の作品だ。酒を飲み展覧会に一度も出品しない、左翼らしい画家と、「私」は結婚した。私でなければお嫁に行けないような人のところへ行きたいと、考えていたからだ。だが、予想に反して画家は成功した。すると、無口だったはずの画家は、人の前ではお喋りになり、陰では悪口を言うようになった。また、「こんなアパートに居ると、人が馬鹿にしやがる」などと下品なことを言って、大きい家へ引っ越した。あげくのはてに、ラジオ放送で「私の、こんにち在るは」と語った。この無知な言葉を聞いて、「私」は恥ずかしくなった——。

「その人と面とむかつて言へないことは、かげでも言ふな」(『HUMAN LOST』)という戒律を守るかわりに、陰口をたたくようになる。「清貧」と評されることを喜んでいるくせに、大きな家に住む。「こんにち在る」という言葉で、現在の地位を自慢する。そういう姿を、あたかも太宰が自嘲しているかのように描かれている。

この時期の太宰は、ようやく小説で食うだけの収入を得ることが出来るようになったばかりだったという。だとすると、「メジャー」になるよりもはるか以前から、成功に対してのとまどいがあったと言わざるをえない。〈資質〉から逸脱していってしまう自然過程を肯定できず、かといって新たな〈倫理〉を構築することも出来ずにいる。そういう時期に太宰は、市井の人々から見れば常識に属する出来事に驚いた。たとえば、『善蔵を思う』に描かれたエピソードは、その一つだ。

百姓女が現れ、いい花が咲くからと言って薔薇を売りつけられた。悪質な押し売りだと思いつつも、気の弱い「私」は、八本の薔薇を買ってしまった。その後、「私」は故郷の新聞社から招待を受け、衣錦還郷と思い、うかうかと出席した。その宴会で失敗した翌日、友人が訪ねてきて「なかなか優秀の薔薇だ」と誉めた——。

このような体験は、太宰にとっては驚異だった。こういう出来事に遭遇することにより、太宰は辛うじて〈資質〉が引き寄せたマイナスの札を、中和しようと試みることができた。だが、それだけでは〈倫理〉へ至ることは、まだ出来なかった。そこで太宰が挿入しようとした思想が、「マザーシップ」であり「秘め事」だった。それでも〈倫理〉が善悪を超えられないと気づいたとき、残された方法は死しかなかった。

「トランプの遊びのように、マイナスを全部あつめるとプラスに変るという事は、この世の道徳には起り得ない事でしょうか」(『ヴィヨンの妻』)という自問は、究極の〈倫理〉であったはずだが、生涯を〈資質〉にからめとられていた太宰は、その自問に対して「起り得ない」と答えざるをえなかったことになる。

(初出:同題『流砂』7号)

◆コラム　太宰治こと津島修治のカルテ

#実在のカルテ

カルテの表紙には、通常、本名が記される。しかし、表紙に「太宰治」という筆名が記された後、それに括弧が付され、横に「津島修治」という本名が書き加えられた、カルテが実在する。[*1] 薬物依存症のために太宰こと津島が入院させられた、昭和一一年一〇～一一月のカルテだ。ちなみに、次のページには氏名という欄があり、そこには「太宰治」とだけ、記されている。

なぜ、そうなのか。本当の理由は、わからない。ただ、津島修治としての生活と、太宰治としての表現が、互いに不可分であった人間にふさわしい、カルテだとは言える。

続く病名の欄には、「慢性パビナール中毒症」と書かれている。家族歴については、「父53歳ニテ結核ニテ死亡」「母　健」「患者　第六子」などと、短く記載されているだけだ。現病歴という欄には、「七年前情死行為アリ」「昨年春モ鎌倉ニテ縊死未遂」と書かれた箇

＊1　中野嘉一『太宰治――主治医の記録』の口絵

所の上に、「家族談」と追記されている。ここにいう家族とは、病院まで一緒に来ていたという、妻初代のことであろう。なお、経過の記載は「いわゆる禁断症状」など、ほぼ薬物依存に限られたシンプルな内容だが、最後に「Psychopath」〔精神病質者・引用者註〕と書かれている点が、眼を惹く。

要するに、一人の精神病質者が、薬物依存に陥ったというだけの話なのか。

＃架空のカルテ

昭和一一年以降、太宰こと津島は、精神科を受診していない。だから、ここから先に記す内容は、いわば架空のカルテからの抜粋だ。[*2]

まず、生育史。生母たねが病弱だったため、乳母に育てられた。三歳頃、乳母と離れ、八歳まで子守りのたけが付いた。叔母きゑにも可愛がられたが、小学校に入る少し前、きゑは分家して家を出た。

次に、病歴。昭和四年、カルモチン自殺を図った。昭和五年、田部シメ子と心中を図り、シメ子のみ死亡。昭和一〇年、鎌倉八幡宮近くで縊死を図ったが失敗。昭和一二年、初代と心中未遂後に離別。昭和二三年、山崎富栄とともに入水自殺。

以上をもとに診断が下される。発達障害を疑わせるエピソードは、何もない。生母らに棄てられた生育史からは、愛着障害が指摘されるかもしれないが、愛着障害は母子間の病理を表しているだけで、医学的診断名ではない。生育史に、繰り返す自殺企図を加味すると、境界性パーソナリティ障害と診断されるかもしれないし、何人かの病跡学者は、そう診断を下している。ちなみに、愛着障害も境界性パーソナリティ障害も、依存できる相手が周囲にいなければ、薬物に依存しやすい。

もっとも、津島の生活のためであればともかく、太宰の表現のためには、おそらく診断など何の役にも立たないだろう。

では、仮に津島が治療を受けて健康を回復したなら、太宰の文学は、つまらなくなるだろうか。戦争中の健康な太宰の小説群を読む限り、つまらなくなるとは思えない。医学診断程度では説明できない、何層にもわたる豊饒さが、太宰文学には存在するということだ。

（初出：同題『カード会員誌てんとう虫／express』２０１８年６月号）

＊2　奥野健男『太宰治』所収の年譜に基づく。

第Ⅲ部　現代文芸における〈こころ〉学

第9章　『抹殺の〈思想〉』補遺
――宮柊二『山西省』から木山捷平『苦いお茶』まで

拙著『いかにして抹殺の〈思想〉は引き寄せられたか』（以下、『抹殺の〈思想〉』と略す）で、私は、その本の副題に示したとおり、相模原殺傷事件[*1]と戦争・優生思想・精神医学を論じた。そして、相模原殺傷事件に流れる〈思想〉は、どれだけ未成熟であったにしても、現在のネオコン・グローバリズムやリベラル・グローバリズムと相似形であることを明らかにした。

本稿では、そこからのいわばスピン・オフとして、同書でも少しだけ触れた、宮柊二の戦場詠、連合赤軍事件、そしてノルウェー連続テロ事件に関する補遺を記すことにしたい。

#宮柊二の短歌

『抹殺の〈思想〉』において、私が取り上げた宮柊二の短歌は、有名な『山西省』の中の、次の二首だった。

《磧（かはら）より夜をまぎれ来（こ）し敵兵の

三人迄（みたり）を迎へて刺せり》
《ひきよせて寄り添ふごとく刺（さ）ししかば
　声も立てなくくづをれて伏す》

戦場詠と呼ぶだけで済ませるには、あまりにも特異な短歌だ。空爆や射撃による殺傷と比べ、近接距離での銃剣による殺害は、はるかに実行が困難であることを、軍事心理学は指摘している。[*2] その困難な殺害行為を実践した上で、それを行った自身の姿を、声を昂ぶらせることも沈めることもなく、描写する。いわば高度に困難な二重の営為を、一首の中に畳み込んだ点が特異なのだ。もっというなら、一個の身体像によってしか自らを支えることが出来ない過酷さを知ったうえで表出された、極限の戦場詠であるがゆえに、その身体像と代替することは、いかなるものをもってしても不可能なのである。

何が、このように特異で代替不能の戦場詠を、可能にしたのか。『山西省』には、引用した二首とともに、次のような歌が含まれている。

＊1　二〇一六年に、相模原市の知的障害者施設「津久井やまゆり園」で、元職員植松聖が、入所者ら四五人を殺傷した事件。二〇二〇年三月に死刑判決。
＊2　デーヴ・グロスマン『戦争における「人殺し」の心理学』

《俯伏して塹に果てしは衣に誌し
　いづれも西安洛陽の兵》

宮自身が手をくだしたかどうかはわからないが、戦死した無名の中国兵にも、日本兵の宮と同じく、戦場に赴く以前には、それぞれの生活があったはずだ。いま、わずかに衣服に記された出身地だけが、生活の名残を示している。ひとたび戦場に駆り出されたとき、一時的な熱狂に身を任せるのでなければ、このような冷徹といいうるほどの他者描写だけが、代替不能の自己身体像とはかりあえるものになって、自らを支えることを辛うじて可能にしている。

では、こうして生き延びた宮の特異な表現の〈資質〉は、戦後、どこへ向かったのか。「戦争を起してはならないといふ希ひをよそに、六月二十五日新しい動乱が朝鮮に起つた」ときに、宮の詠んだ歌のうちの一つは、次のようなものだった。

《統一の犠牲に就けといふ言葉
　パルチザンを励ますごとき鋭さ》

どうして、こんな歌になってしまうのか。にわかには推し測りがたい。この歌だけにとどまらず、さらに時代が下ると、次のような作品までもが見られるようになる。

《イオシフ・ヴィッサリオ・スターリン死す英雄の
　齢(よはひ)かたむきて逝くぞ悲しき》
《新しき独立国は遠けれど
　一日楽しくありきその為》（アフリカに国の独立あひつぐ。一首）
《藍(らん)の空かがやく中を天降(あも)りこし
　兇(けは)しき意志を負へる兵団》（イラク革命）

国家間戦争のただなかで辛うじて自己を支えた身体像は、もはやほとんどどこにも見出せない。かわりに、知識人としての姿ばかりが、せりあがってくるかのようだ。他方で、同じく戦後に詠まれた歌には、次のような作品もある。

《戦争の中ごろにして弾丸が
　急におそろしくなりしを記憶す》
《黙々(もくもく)たる一勤人(いちつとめにん)秋風の
　吹きのすさびに胸打たせ行く》
《雨負ひて暗道(くらみち)帰る宮肇君

《絵を提げ退職の金を握りて》

最後の一首は、宮が「一勤人」（サラリーマン）を辞めるときの歌であり、「絵は滝口修造氏筆、同僚からの餞別に貰ひ受けたもの。ああ、芸術と金」という、ややコミカルな詞書が添えられている。（ちなみに、「宮肇」とは宮柊二の本名である。）

戦後は「一勤人」（サラリーマン）として生きていくことを選び、最終的には退職し文筆に専念する道へと転じるまでの宮の歌には、せりあがってくる知識人としての姿が天上へ舞いのぼっていかないよう、あたかも錘鉛をおろすかのごとくに、「一勤人」（サラリーマン）として自己の位置を確定させようとする姿が、詠みこまれている。別の言い方をするなら、自己を支えた身体像の名残は、パルチザンやスターリンやアフリカやイラクの歌にではなく、これら「一勤人」（サラリーマン）の歌のほうにとどまっているといいうる。

さて、「一勤人」（サラリーマン）であることをやめた宮は、隠岐や尾鷲、そして西行の跡をたどる旅などに出かけつつ秀歌を詠むことになるが、他方で戦争の影が残る作品も詠みつづけている。

《兵隊の末の老いたる臑を撫で
　腕を撫でつつ年送りせり》

《もと大使ライシャワー言ふ日本は
　　　核の寄港を当時承知と》
《中国に兵なりし日の五ケ年を
　　　しみじみと思ふ戦争は悪だ》

まったく不遜な言い方になるが、いずれも良い歌だとは感じられない。大戦下の中国山西省において、**一個の身体像により自らを支えた記憶は残影と化し、平和の観念だけが上昇したまま回収されない**。第一級の歌人といえども、そのような不自然な観念ー身体間の分離を、免れることは出来なかった。

【この項の追記】

遅ればせながら、『山西省』についての、佐藤通雅による詳しい研究書（『宮柊二『山西省』論』）を読んだ。佐藤は、宮の「一兵」「兵隊と人間が一つである」という自覚的到達点に関し、「〔宮にとって・引用者註〕兵になるとは、〔生まれてから徴兵されるまでの・引用者註〕二十七年の間に付着してきた世俗性すべてを、一気に脱落させることだと意識された」と論じている。

また、「ひきよせて――」の歌をめぐって、「刺ししかば」の主体は宮であるか否かという論争を紹介しつつ、佐藤自身の居合道の経験から、「声も立てなくくづをれて伏す」という状況へ一気にもっていくには相当の鍛錬を必要とするが、宮にそれだけの腕があったとは思えないと述べている。同様に、「磧より――」の歌については、いかに敵味方の接近する場であろうと、一人で三人を刺殺するのは困難であり、部隊の複数人による行為とみるのが自然であると、指摘している。

研究としては、おそらく佐藤の解釈のとおりであろう。しかし、「刺ししかば」の主体は宮ではなく、また三人を刺殺したのは部隊の複数の兵士であるという解釈を、ひとたび歌の中に持ち込んだなら、これらの歌はもはや成立自体が不可能になると思う。なぜなら、これらの歌が成立する根拠は、すでにみてきたように、一個の身体像によって自らを支えるところにあり、それ以外のところにはないからだ。だから、史的事実は佐藤の解釈どおりだとしても、短歌的事実〈宮自身にとっての文学的事実〉としては、あくまで刺殺の主体は宮だったと考えるしかない。

なお、佐藤は、私が『抹殺の〈思想〉』で言及したグロスマンの軍事心理学に触れたうえで、定型がほとんど自動的に作動し、手持ちの言葉だけで作品化へ導かれた歌である「ひきよせて――」の作者は、宮柊二ではなく、山括弧つきの〈宮柊二〉だと結論づけている。なるほど、と思わせる結論だが、山括弧つきの〈宮柊二〉にまで抽象されていく実体としての兵士が、宮以外にもいたと想像することは、私には難しい。

#連合赤軍事件

宮柊二のような第一級の歌人といえども、一個の身体性として自らを支えた記憶が残影と化し、平和の観念だけが上昇したまま回収されないといった、不自然な観念‐身体間の分離を、免れることは出来なかった。そのとき、観念‐身体間の分離を、無理やり統一しようとしても、やはり不自然さを刻印されることにかわりはない。

たとえば、『抹殺の〈思想〉』でも言及した、連合赤軍事件がそうだ。同書で私は、吉本隆明による精神医学者（宮本忠雄）に対する批判を引用しておいたが、吉本はそのほかにもいくつかの場所で、進歩的知識人や精神医学者からする連合赤軍事件へのコメントを、批判している。そのうちの一つは、次のようなものだ。

《その解釈をよくよくみていると、それぞれの立場があるわけですけども、究極的に現れるのは、進歩的な市民主義みたいなものにかなえば正常であって、それにかなわなければおかしいんだ、事件そのものもおかしいし人間もおかしい、あるいは一時的におかしい状態になったんだというふうことになってしまって、発言者にとってはまことに都合がいいんでしょうけども、われわれにとってはあんまり都合がよくないので、その解釈がつまんないないなというふうにおもうんですよ。》（『知の岸辺へ』）

進歩的市民主義を絶対的な物差しにして、正常と異常を判定したがる人たちは、いまも跡をたたない。

他方で、進歩的市民主義の物差しを用いないかわりに、集団へ人間を従属させてしまう立場がある。そのとき、かつての中国大陸における宮柊二のように、極限の身体像によって自らを支えるのでなければ、人間の観念や身体の上に、いったいどのような事態が生起することになるのか。吉本は、「集団の中に、あるいは共同性の中に入った、特に個々の人間の精神の世界はどういうことになるか」について、以下のように述べている。

《いちばんわかりやすい比喩は、集団の中に入った個々の人間の精神世界は、精神世界そのものが肉体であって、現実の肉体は観念であり精神である、そういうふうにひっくり返っているとかんがえられたら、よろしいと思います。》

《集団の中の個々の人間の精神状態というのは、精神自体が肉体であり身体であり、身体自体が精神であり観念であり亡霊である、そういうふうな世界だと理解されたら、比喩的にはたいへん理解しやすいんじゃないか。》（前掲書）

観念が肉体になり、肉体が観念の亡霊になる――「比喩」と断ってはいるが、ほとんど事実そのものと言ってよい。連合赤軍事件の場合で言えば、共産主義化という呪文のような観念は死と隣り合わせの肉体になるしかなく、また肉体は柱に縛りつけられて死後に観念の亡霊となるしかなかった。

では、中国山西省において日本軍兵士だった歌人と、主観的には共産主義の兵士であったはずの連合赤軍メンバーとでは、いったいどこが違っていたのだろうか。

中国山西省で「一兵」だった歌人は、戦場で一個の身体像に支えられて、生きのびることができた。生きのびた歌人は、戦後、「一勤人」（サラリーマン）となって自らの生活と観念を支えたが、上昇する観念の自然過程と下降する身体の自然過程は互いに分離され、いずれかがいずれかを支えられなくなったとき、自然過程としての病いや死が訪れた。他方、共産主義の兵士であったはずの連合赤軍のメンバーたちは、貧しい観念と貧しい肉体を一致させようとした瞬間に、観念と肉体の両者が、いずれも亡霊と化すことになった。

こうしてみると、**前者では観念と身体とのあいだの距離が増大し、それぞれがゆっくりと死へ向かった**のに対し、後者では**観念と身体とのあいだに混淆が生じ、そのまま急速に死へ陥った**点で、相違があることがわかる。前者が知識人の死の過程であるのに対し、後者は、いわば殉教者の死の過程だと、言い換えることもできる。

#ノルウェー連続テロ事件

前項で、進歩的市民主義を絶対的な物差しにして、正常と異常を判定したがる人たちは、いまも跡をたたないと述べた。『抹殺の〈思想〉』でも取り上げた、ノルウェー連続テロ事件をめぐる言説においてもそうだったし、同事件をめぐる進歩的市民主義の言説は、いまも増殖する一方だ。

まず、ノルウェー連続テロ事件とは、どういう事件だったのかを、簡単に振りかえっておこう。二〇一一年七月、当時三二歳のアンネシュ・ブレイビクは、多文化主義やイスラム系移民などから国を守るためという理由で、ウトヤ島で開かれていた労働党青年部の集会における銃乱射により六九人を、またオスロ官庁街爆破により八人を、それぞれ殺害した。

二度の精神鑑定では、責任能力の有無について正反対の結果が出たが、ブレイビク自身は政治的信条に基づく行動だとして自らの責任能力が認められることを望み、検察側は責任無能力として医療施設への収容を求めた。（相模原殺傷事件において、被告だった植松は自ら責任能力はあると主張し、植松の弁護士は責任無能力を主張したのと同じだ。）つまり、加害者は〈思想〉に基づいて行動したつもりでも、進歩的市民主義に照らせば加害者は精神異常以外には考えられないという構図が、ここでも描かれていることになる。

結局、オスロ司法裁判所は責任能力ありとして、最高刑である禁錮二一年の判決を下した。つまり、法的には精神異常ではないと結論づけたのである。（この点でも、相模原殺傷事件と同じだ。

違いはただ一つ、相模原殺傷事件の判決は植松に死刑を宣告することで、この世には殺したほうがいい人間がいるという、植松と同じ〈思想〉をなぞったという点だけだ。）

オスロ司法裁判所の判決にもかかわらず、進歩主義からの言説は強化されるばかりだ。映画『ウトヤ島、7月22日』（エリック・ポッペ監督）は、その典型だといえる。

映画では、わずかに反イスラム思想が関与した事件かもしれないと示唆されているだけで、それ以上の言及はない。それどころか、加害者の来歴はあえて描かれず、姿や声すらもほとんど登場しない。つまり、加害者の〈思想〉と身体は、映画の中からさえ、ほとんど排除されているということだ。繰り返して述べるなら、加害者＝精神異常と断ずる以上に、加害者＝そもそもこの世に存在が認められていない人間（あるいは人間ならざる「人間」）、という扱い方になっているのである。

加害者の〈思想〉と身体の代わりに描かれるのは、被害者の青年たち（将来の議会政治家を目指す青年男女）が、逃げまどう姿ばかりだ。もちろん、こういう描き方に関して、私には不満がある。どこか優等生的だからだ。

前途ある青年たちが理不尽にも犠牲になったという視点だけをもって、七二分間（ウトヤ島事件の実際の時間らしい）をワンカットで描く方法論は、私のようなひねくれた外国人の観客にとっては、夏のお子様向けキャンプ地から将来の首相が誕生する、おめでたいノルウェー政治という感想が先に立ち、どうしても苛立ってしまう。善と悪の二分法が〈倫理〉として無効になっていること、いいかえるなら善と悪が経済的格差とパラレルに引かれた区分線にのみ基づいていることに気づかない限り、悲劇は繰り返されるのではないか。

進歩主義の言説によって、ノルウェー連続テロ事件の加害者の観念は矮小化され、身体は消されてしまった。では、矮小化された観念と消された身体を、〈右派〉思想が復活させることは可能なのだろうか。実際に、現在のノルウェーにおける〈右派〉政党〈紛らわしいが〈右派〉政党の名称の一つは進歩党〉の伸長は、進歩的市民主義の政党である労働党を凌駕する勢いのようだ。だから、〈右派〉が、ノルウェー連続テロ事件の加害者の衣鉢をつぐと宣言すること自体は可能だし、そう宣言したならば一定の波及力もあろう。〈実際は、〈右派〉といえども、そうすることは出来なかったが。〉

ただ、仮に加害者の衣鉢をかつぐと誰かが宣言したとしても、加害者の観念は「反移民」にのみ切り詰められて空疎なスローガンと化し、また身体は仮構の殉教者として祭り上げられるだけだろう。つまり、観念も身体も永久に浮遊したまま、回収されることはない。殉教者として生きながら死ぬ。あるいは、同じことだが、観念と肉体の亡霊のみが生き続けるということだ。いいかえるなら、進歩的市民主義も〈右派〉も、観念と身体を救抜できないという意味では、同じ穴のムジナなのである。

#木山捷平の小説

観念と身体とのあいだの距離が増大し、それぞれがゆっくりと死へ向かっていく知識人の死の過程でもなく、また観念と身体とのあいだに混淆が生じ急速に死へ陥っていく殉教者の死でもないような、観念と身体のあり方は可能なのか。あるいは、亡霊のみが生き続けるのではない、観念と身体のあり方は可能なのか。

宮柊二と同じ中国大陸における戦争体験でありながら、詩人小説家（小説家詩人といっても同じだが）の木山捷平の体験は、宮のそれとは様相を異にしている。まず、木山の代表作である『大陸の細道』を見ていこう。

主人公の「木川正介」は、四〇歳になるまで徴兵を免れてきたが、東京で在郷軍人分会に入れられ、分会長から罵られて、軍に対し悪い感情を抱いていた。その後、M農地開発公社嘱託として赴いた満州でも、持病（神経痛だという）があるのに、冬季訓練に動員された。訓練に際し、木川は分隊長に対して言う。

《ぼくはこれでも天皇陛下の赤子だ。だから去年も東京で在郷軍人の訓練があった時には皆勤でつとめた体験の持主なんだ。ただ明治天皇様は国民の兵役義務を二十歳から四十歳までとハッキリお決めになったが、近頃になって誰かが、天皇様の御意志に反して五年も齢を延長したんだ。しかし延長してみたところで、人間の体力には限界があるよ。健康の人にしてそうなのだから、まして病気〔神経痛・引用者註〕の者が無理な訓練をしてもしも死ぬようなことがあったら、天皇様の御意志に反することだと僕は思うがね。》

その後、戦局は悪化し、木川は現地招集を受け、在郷軍人としてではなく、下級兵としての訓練に動員された。訓練といっても、乳母車を敵の戦車に見立て、そこへ爆弾に見立てたフットボールを抱えてとびこむ、滑稽なものだ。（こういう滑稽な訓練は、戦争体験者である新藤兼人監督の映画でも観たことがあるから、全くのフィクションではないのだろう。）

一方、木川ら年配の兵を指揮する伍長は、次のように訓示する。

《「みんなはかなりの年配で、その点自分は敬意を表しているんだ。だが、兵隊としては自分の方が先輩なんだ。それで早ければ今夜始まる戦闘で、みんなは自分の命令をよくきいてもらいたいんだ。というのは、自分もこれまで戦闘には何回も出て、その都度死線を突破して来ているんだ。だからその体験を生かして、自分が命令を下すから、みんなは自分勝手に飛び出したりして、取り返しのつかぬ蛮勇などふるわないようにして呉れ。な……」》

「蛮勇などふるわないように」の部分は、「犬死などしないように」と書かれている版もある。（私は文献クリティークなどをするつもりはないから間違っているかもしれないが、「犬死」が初出で、いくつかの短編をまとめて長編小説として出版するときに、「蛮勇」に替えられてしまったのではないか。）いずれにしても、この伍長の言葉が、実際にそのとおりに喋られたものなら、なかなか味のある、いい訓示だと思う。木川も、「意味深長」だと感じ、これなら「命拾いが出来るのではないか」と考えた。もちろん、ほぼこの通りの訓示が実際になされたのか、それとも多分に創作が混じっているのかは、いずれともいえないが、著者である木山捷平にとっては、こういう訓示こそが、その時点では理想だったに違いない。

主人公の木川は、明治天皇の名前を持ち出すほどには、天皇を敬愛しているわけではない。同様に、日本軍の勝利を信じているわけでもない。ただ、わざわざ死にたくはないと思っているという程度には、生きていたいと願っているようだ。

ところで、著者の木山捷平は、敗戦後も、しばらく満州で生活を続けた。そのころの体験に基づく小説『長春五馬路』には、路上でボロ屋を営む主人公（やはり「木川正介」という名前になっている）の姿が、何のてらいもなく描かれている。たとえば、次のような情景だ。

《五馬路の路上に、何百人何千人いるかしれないボロ屋のなかで、正介はただひとりの日本人なのだ。にもかかわらず、満人ボロ屋の中に彼を異端視しているものは一人もいなかった。もう一度いうが、三尺四方の空間ではあるが、縄ばりだの、権利だの、異人種だの、口やかまし

いことを言うものは一人もいなかった。彼を王侯のごとく、五馬路の地上に坐らせてくれているのだ。》

正介のこころの中に民族の区別がないのと同じぶんだけ、中国人のこころの中にも区別がない。(もちろん、日本人にとっては高価な衣類が、中国人にとっては二束三文といった違いはあるにしても、である。)こういった区別の消去は、身体が自然に対して同化している程度に応じて、はじめて可能になったといってよい。つまり、身体の自然性が誰の眼からも自明であるがゆえに、路上でのボロ屋の商売が、結果的に危険を伴うことなく、可能になったのである。

それにしても、明治天皇を敬愛しているわけでもなければ、日本軍の勝利を信じているわけでもないといった〈思想〉ないし観念や、命拾いが出来るかもといった程度の飄々とした身体性、そして国籍と無関係に、当たり前であるかのような自然さで路上の商売を続けることができる〈資質〉は、どこから生まれたのか。

吉本隆明は、木山捷平の『苦いお茶』という小説について、好きな作品だと述べつつ、「すべて自然な無理のない本能生活の次元に置きなおして描くために、ただひとつ作者はおおきな無意識ともいえる形而上的なモチーフを潜在させているように思える」(『ここはどこの』)と記した。吉本によると、「おおきな無意識」とは、「ある巨きな影のようなものに対する嫌悪と否定」だという。もっとも、それは、戦争や日本人同胞や軍国主義に対する嫌悪ではないし、自己嫌悪とも違う。また告発や瞋りでもない。「ふつうなら運命とか摂理とかいうべきかも知れないものを、自然の働きという次元でうけとめたときの作者にやってくるものが、この巨きな影にたいする作者の否定や嫌悪なのだ」というのである。

ちなみに、吉本が好きだという『苦いお茶』とは、次のような小説だ。主人公の「木川」は、満州時代に「ナー公」という名の小さな女の子を、よく負んぶしていた。敗戦直後にも満州にとどまり、行商で食いつないでいた木川にとっては、それはソ連兵によるシベリア抑留を回避するための手段でもあった。子どもまで一緒に抑留することは、ソ連兵といえども、しにくかったからだ。年月が流れ、日本で女子短大生になったナー公と、木川は上野の図書館で再会した。ナー公と一緒に大衆酒場へ行った木川は、彼女に頼まれ、彼女を背中に負って客席のあいだを歩く。客の学生が「すけべえ爺」と怒鳴るが、ナー公は「誰がすけべえ爺か。もっとはっきり言うてみ。人間にはそれぞれ個人の事情というものがあるんだ。人の事情も知らないくせに、勝手なことをほざくな。」と啖呵をきる――。

短大生になったナー公の「見事」な啖呵が「引揚者精神というもの」だとすれば、そんな精神を造化したものこそが巨きな影だと、吉本は述べている。つまり、ナー公の啖呵自体を「見事」と感じながらも、啖呵が由来する巨きな影に対しては、木山捷平は否定し嫌悪しているということだ。

巨きな影を否定し嫌悪する〈資質〉は、観念と身体とのあいだの距離が増大し、それぞれがゆっくりと死へ向かっていく知識人の死の過程とは明確に異なる。また、観念と身体とのあいだに混淆が生じ急速に死へ陥っていく殉教者の死にもつながらないし、亡霊のみが生き続けているのでも、もちろんない。強いて言うなら、あたりまえのごとく身体を生活に根づかせる過程が、すなわち観念の消去であるような木山捷平の〈資質〉がある。その〈資質〉が、木山の作品を支えているといいうるだけだ。

戦争体験を、観念の側にではなく、身体の側に回収した木山捷平の生き方によって、はじめて観念と身体のあり方は、進歩的市民主義の物差しなどが届くはずのない場所を、確保した。もっとも、このような言い方自体が、あまりにも大仰すぎるのかもしれないのだが――。

（初出：「『いかにして抹殺の〈思想〉は引き寄せられたか』補遺」『流砂』17号）

第10章　三島由紀夫『美しい星』の核戦争論

相模原殺傷事件（津久井やまゆり園事件）の加害者＝植松聖は、衆議院議長宛ての手紙に、「私はＵＦＯを二回見たことがあります。未来人なのかも知れません。」と記していた。大麻などの薬物の影響が考えられる言葉だとしても、「ＵＦＯ」「未来人」といった荒唐無稽にみえる表現が、植松個人にとどまらず、現在の日本社会において、どのような意味を内包しているかを考えておくことは、必ずしも無駄ではないだろう。

また、同じ手紙の中で、「本格的な第三次世界大戦を未然に防ぐ」とも、植松は記していた。「ＵＦＯ」と「世界大戦」――ここで、私たちは、ある有名な場面を思い起こすことになる。三島由紀夫の『美しい星』に描かれた、羽黒助教授一派と大杉重一郎とのあいだの論争だ。

ちなみに、この場面を指して、奥野健男は、『カラマーゾフの兄弟』の「大審問官」の章を思い浮かべたとさえ、述べていた。また、三島自身も、「大審問官」を意識していたという話もある。実際に、三島の創作ノートには、《ドストエフスキー的会話》という文字が記されている（『「美しい星」創作ノート』）。

＃『美しい星』における論争（1）

『美しい星』に描かれた論争とは、次のような内容だ。

白鳥座第六十一番星から来た宇宙人の羽黒は、地球では仙台の大学に勤務する、しがない助教授だった。だが、彼は、東富士演習場の入会権問題で、村民の主張をくつがえす証拠を、古文書の研究からみつけた人物だった。この研究を通じた利害関係に基づいて、羽黒は、政治家から東京に招待された。東京で彼は芝居見物に出かけるが、三島由紀夫の『鰯売恋曳網』という新作なんか見るに及ばない、と言って引き揚げてしまう。

さて、野暮な背広とネクタイを身につけた、風采の上がらぬ羽黒の主張によると、人間は「三つの宿命的な病気」をもっているという。

第一は、事物への関心（ゾルゲ）である。ナチの収容所が証明したように、物としての人間は、石鹸かブラシか、せいぜいランプ・シェイドぐらいの役にしかたたない。水素爆弾は人間の到達した最も逆説的な事物で、人間や人間関係さえ物化させる。物化を完結させるとは、核の釦を押すことにほかならない。

第二は、人間への関心（ゾルゲ）である。「俺とおんなじじゃないか」と言いたいために、同時に「俺だけは違う」と言いたいために、人間は人間を探す。前者は、世界共和国の思想を呼ぶが、同一性の確認は核の釦を押すことでしか証明されないから、必然的に全的滅亡へ向かう。後者は、国家主義や民族主義の理念であり、全人類の滅亡にあたって、一国家一民族だけが助かる場面を想像する。だから、この場合も、必ず核の釦を押すことになる。

第三は、神への関心(ゾルゲ)である。虚無のような全的破壊の原理は、人間の文化内部には発生しないと妄信している人間主義の名残だ。だが、科学技術は、瀰漫している虚無に点火する術を知っている。それは水素爆弾だ――。

どの関心から出発しても、人類は核兵器により自滅することになる。羽黒一派は、以上のような思想に基づく行動を、「人類全体の安楽死」と呼ぶ。

『美しい星』が雑誌に連載されたのは一九六二年だから、それに先立つ米ソの核実験競争が背景に想定されていることは、いうまでもない。第五福竜丸が被曝した、アメリカによる水爆実験。ソ連によるツァーリ・ボンバの水爆実験。しかし、高度成長期の日本の民衆にとって、米ソのいずれかに加担するような、欺瞞的な選択肢はなかった。どちらに加担しても、双方の破滅へ至ることは、不可避と思えたからだ。

『美しい星』における論争(2)

一方、対する大杉重一郎は、道楽に短期間教鞭をとったことがあるだけなのに、知的選良の重みをうかがわせる顔立ちを持つ人物だった。重一郎は、五二歳になって火星人であることを自覚した。

地球人の場合、核の釦を押す直前に、気まぐれが微笑みかけることだってある、それが人間というものだと、重一郎は考えている。彼は、人間の美点、すなわち滅ぼすには惜しい特質として、次の五つを挙げる。

《彼らは嘘をつきっぱなしについた。
彼らは吉凶につけて花を飾った。
彼らはよく小鳥を飼った。
彼らは約束の時間にしばしば遅れた。
そして彼らはよく笑った。》

また、これら五つを翻訳すると、次のようになるという。

《彼らはなかなか芸術家であった。
彼らは喜悦と悲嘆に同じ象徴を用いた。
彼らは他の自由を剥奪して、それによって辛うじて自分の自由を相対的に確認した。
彼らは時間を征服しえず、その代わりにせめて時間に不忠実であろうと試みた。

そして時には、かれらは虚無をしばらく自分の息で吹き飛ばす術を知っていた。》

なるほど、これらは人間の美点かもしれない。半ば座興、半ば本心で、ドナルド・トランプ大統領と金正恩委員長による二〇一八年の米朝会談を、これら五点から眺めてみよう。

(1) トランプ大統領も金委員長も、これまで半ば以上は嘘の発言を重ねてきた。
(2) 二人は、吉凶ないまぜた共同声明への署名の場に花を飾った。
(3) 二人はそれぞれ、自国の民衆の一定割合を弾圧しつつ、残りの民衆の自由を確認してきた。
(4) 二人は、非核化と経済発展に要する時間を早めることは出来なかった。
(5) 二人は互いに、笑顔で相手を称え合った――。

こうみてくると、米朝会談には、「人間の美点、すなわち滅ぼすには惜しい特質」が、確かに含まれていることになる。だとすると、二人のうちのどちらかが先に、あるいは二人が同時に「核の釦を押す直前に、気まぐれが微笑みかけることだってある」(気まぐれで釦を押さないことだってある)と、考えるべきではないか。なぜなら、「それが人間というもの」だからだ。

別の言い方をするなら、トランプ大統領は、ネオコン・グローバリストやリベラル・グローバリストの言うほどには、無知でも無能でもないのではないか。米韓合同軍事演習の中止について、金がかかり過ぎるという理由をあげつつ闡明する姿勢は、これまでどの大統領も、示しえなかったものだ。

＃三島由紀夫の核戦争論

『美しい星』とは別の場所で、三島由紀夫は、核戦争と「お金」の問題について、現在のトランプ大統領のように語っていた。

《核というものは、使わなきゃいつイリュージョンになるかわからない恐ろしいものだと思うんだ。使わないことによって恫喝しているけれども、使わないということによって、日に日に不安感というか、不信感が増しているわけだよ。》

《核を持っているやつは、核のイリュージョンというものの恐ろしさを感じている。多核弾頭の原子力潜水艦ができれば、向うがＡＢＭに使った何十億、何百億ドルがパーになっちゃう状況の恐ろしさね。…中略…恐怖のイリュージョンだけでもって、お金が実際損していくんだからね。》（いいだももとの対談「政治行為の象徴性について」における三島の発言）

これは、一九六九年の発言だ。使うことの出来ない、しかし、使えなければ使えないほど高まる不安と不信――この「イリュージョン」は、二一世紀の今日でも、変わることがない。また、「イリュージョン」に莫大な金額が伴うことにも、変わりはない。違うのは、二つの巨大国の間ではなく、一つの富裕国と一つの貧困国とのあいだでも、核兵器を介すれば、対等に近い交渉が成立しうるという点だけだ。（もっとも、一つの貧困国の背後に、富裕国に近づきつつある別の大国が控えていることも、紛れのない事実であるが。）

ここで、「唯一の被曝国」という日本の立場を持ち出すならば、「唯一の加曝国（という言葉があるかどうかは知らないが）」にも、言及しないと筋が通らない。つまり、核兵器を実際に戦争で使用した唯一の国（アメリカ）に、自国のすべての核兵器を廃絶するためのロードマップを義務づける旨の主張をするしかない。同時に、唯一の加曝国と核兵器で対抗する諸国（ロシア・中国）にも、核兵器廃絶のロードマップを要求すべきだ。

現在、国際社会（というものがあるとして）から、公式に核兵器の所有が認められているのは、第二次世界大戦の戦勝国だけだ。戦勝国は、戦勝国以外が核を所有することを、極度に嫌がる。ましてや、敗戦国が所有することを絶対に認めようとしない。しかし、敗戦国は、核を保有しないことと引き換えに、戦勝国（いわゆる五大国）に対して核兵器の廃絶を要求する、当然の権利があるはずだ。

#核兵器廃絶へのロードマップ

この当然の権利を行使しないのであれば、核兵器廃絶へ向けて、まったく別のロードマップを用意するしかないだろう。それは、「イリュージョン」に不可避のように伴う不安と不信を根拠にしない、別の道筋をたどる論理だ。

あらためて、米朝共同声明をみてみよう。

《1　米国と北朝鮮は、両国民が平和と繁栄を切望していることに応じ、新たな米朝関係を樹立することを約束する。

2　米国と北朝鮮は朝鮮半島において持続的で安定した平和体制を構築するために努力する。

3　二〇一八年四月二七日の板門店宣言を再確認し、北朝鮮は朝鮮半島の完全な非核化に向けて努力することを約束する。

4　米国と北朝鮮は（朝鮮戦争における米国人の）身元特定済み遺骨の即時返還を含め、捕虜や行方不明兵の遺骨収集を約束する。》

声明の言う板門店宣言とは、米朝会談に先立つ南北首脳会談において署名されたもので、「完全な非核化を通じ、核のない朝鮮半島を実現する共通目標を確認」「年内に朝鮮戦争の終結を宣言し、休戦協定を平和協定に転換」「米中を交えた多国間の枠組みで、平和体制構築に向けて協議」「北朝鮮の開城に南北共同連絡事務所を開設」「文在寅大統領が今秋、平壌を訪問」を骨子とする。

アメリカの民衆にとっても北朝鮮の民衆にとっても、米朝共同声明を歓迎しない理由はない。同じく、朝鮮半島の北と南に暮らす民衆にとっても、板門店宣言を歓迎しない理由はないはずだ。（にもかかわらず、北朝鮮は、二〇二〇年に開城の南北共同事務所を爆破してしまったが。）

日本の民衆にとってはどうか。やはり、「核のない朝鮮半島」と「多国間の枠組みでの平和体制構築に向けた協議」を、歓迎しないいわれはない。ただし、前者には日本が現有するプルトニウムの削減が必要だし、後者には日本からの一定の金銭供与が必然的に伴う。それらがなければ、日本は「多国間」に加わることが出来ないであろう。すなわち、日本の民衆にとっての利益の前提は、日本国家がプルトニウムの削減計画を策定し、かつ鳩山内閣時の東アジア共同体構想に相当するプランを、打ち出すことにかかっていると思う。

#ＵＦＯとは何か

このとき、再びＵＦＯが登場することになる。

吉本隆明は、「ＵＦＯは病的な瞬間の幻覚や時間喪失によって充電された妄想のなかであらわれるかもしれない」「またユングの場合のように、夢や白日夢のあいだの入眠形像としてもあらわれることができよう」としたうえで、UFOがたくさんの人たちにあらわれつづけるためには、共同社会の漠然とした不安や無意識の不安が潜在しつづけねばならないと述べている。（「宇宙フィクションについて」『夏を越した映画』所収）

また吉本は、映画『未知との遭遇』と三島由紀夫の小説を対比し、前者がアメリカの市民社会が主人公に強いている不安や、妻との不和がもたらす孤独と内閉によってUFOに憑かれていくのに対し、後者はむしろ人間の社会を卑小なものとして侮蔑しているうちに、優越感と疎隔感が昂じてUFOを見るようになると、指摘している。そして、重一郎が地球人の救済を使命と感じるまで、妄想をたかぶらせていく姿には、三島の思想の病理が、幾分かの度合いで投射されているとも述べている。

この視点に基づく限り、**共同社会の不安と個人の病理との接点に浮上する共同観念という意味で、UFOと核兵器は、同列に扱いうる事象**であることがわかる。

もちろん核兵器は妄想ではないが、市民社会の共同の不安や病理を表象するものではある。こういう不安や病理を突破する道筋が求められている。しかし、ネオコン・グローバリズムやリベラル・グローバリズムは、不安と不信を強化することはあっても、それらを払拭することはない。そして、あらゆる平和主義の使命感もまた、不安と不信の増強にしか寄与していない。

だとすると、私たちに必要なのは、不安と不信を閉じ込めてきた国境を、段階的に開いていくこと以外にないのではないか。

「核・軍縮・ベルリン問題」と「半熟卵・焼き林檎・乾葡萄入りのパン」

三島由紀夫の場合は、人類救済の使命感にまで高まろうとする病理を、皮一枚のところで回避することに成功しているようだ。それは、彼のいう「反政治の風穴」であり、「美しい気まぐれ」にほかならない。そのことによってはじめて、日常生活に生起する不安や不信を神経症的に拡大することから、自分自身を解放することが出来る。

たとえば、『美しい星』の重一郎は、次のように語っている。

《宗教家にまさる政治家の知恵は、人間はパンだけで生きるものだという認識だった。…中略…政治家に気づかれないように、自分の胴体に、こっそり無意味な風穴をあけることだった。その風穴からあらゆる意味がこぼれてしまい、パンだけは順調に消化され、永久に、次のパンを、次のパンを求めつづけること。》

《この空洞、この風穴は、ひそかに人類の遺伝子になり、あまねく遺伝し、私が公園でのベンチや混んだ電車でたびたび見たあの反政治的な表情の素になったのだ。…中略…人間が内部の空虚の連帯によって充実するとき、すべての政治は無意味になり、反政治的な統一が可能になる。彼らは決して釦を押さない。》

このような認識に重一郎が達したのは、宇宙人としてではなく「人間としての経験」からだった。つまり、「核実験停止も軍縮もベルリン問題も、半熟卵や焼き林檎や乾葡萄入りのパンなどと一緒に論じるべき」という思想だ。こういう生活思想こそが、「イリュージョン」に伴う不安と不信を、実践的に無化する行動へとつながる。

もういちど記すなら、前項で述べた国境を開くことと、本項で述べた生活思想の水準にまで政治を降ろすこと——この二つによってのみ、核戦争もＵＦＯも不要になる社会を、切り開くことが可能になる。

＃映画『美しい星』

『美しい星』は、二〇一七年に、吉田大八監督によって映画化された。映画は、この監督の手によるものに共通の、すぐれたエンターテインメント作品になっていて、十二分に愉しめる。

映画『美しい星』は、携帯電話が使われていることからもわかるように、二一世紀の現在が舞台になっている。また、核兵器ではなく地球温暖化が、小道具として使われている。このことは、核戦争がリアリティを失い（それが言い過ぎならリアリティが遠隔化され）、そのぶんだけ、地球温暖化が市民社会の不安や不信の徴候として、引き寄せられていることを意味する。もっとも、すぐれたエンターテインメント作品らしく、地球温暖化は徹底的にパロディとして描かれていて、昔の「ニューステーション」で古舘伊知郎が、何でも温暖化のせいにしていた可笑しさを髣髴させる。

そのせいなのか、小説と比較した場合、もう一つ大事な違いがある。小説でも映画でも重一郎は火星人だが、小説の重一郎が「人間の社会を卑小なものとして侮蔑しているうちに、優越感と疎隔感が昂じてUFOを見るようになる」のに対して、映画の重一郎は「市民社会が主人公に強いている不安」からUFOに憑かれていくように、描かれている点だ。映画の重一郎は、テレビ局の男性版お天気キャスターで、妻と息子・娘との間には、いつも微細な齟齬が横たわっている。ちなみに、重一郎の妻は、映画では宇宙人ですらなく、日常の不満が引き寄せられる先はマルチ商法だ。

結局、UFOもマルチ商法も、同列にしか位置づけられないことになる。こうなってくると、金星人であるはずの娘＝暁子の妊娠も、地球人から薬物を入れられ犯された結果でしかなくなるし、水星人であるはずの息子＝一雄の政治（使い走りだが）も、陰謀家の片棒という程度に終始してしまう。

要するに、**日常の不満・不安・不信が引き寄せる地球温暖化の思想やUFOの思想の中には、パロディ以上のものは宿りようがない**ということだ。このことは、何度でも確認しておいた方がいい。

『わが友ヒットラー』

核戦争が、リアリティはおろかパロディとしての位置すら失いかけた現代においても、日常生活における不安は、愚昧なリアリティとしての政治を、歓迎するかのように引き寄せてしまうことがある。もちろん、愚昧な政治家も、同時に引き寄せられる。

だが、愚昧であっても、スローガンの意味するところが曖昧であればあるほど、民衆の支持は拡大する。たとえば、『美しい星』の政治家のスローガンは、「青年に夢を与えよ」だった。こういう漠然としたスローガンが、さまざまな民衆の参加を可能にするということだ。安倍政権の憲法改正論もそうだし、ナチスドイツの綱領も、その曖昧性に特徴があった。

一方で、愚昧にみえる政治家が、現実の政治では、無慈悲なまでに原則を貫くことがある。三島由紀夫は、その姿を、戯曲の中で次のように描いていた。

《ヒットラー　…中略…しかしね、エルンスト、忌憚のないことを言わせてもらえば、お前の突撃隊は巨大なノスタルジアの軍隊だとは云えないかね。

レーム　それはどういう意味だ。

ヒットラー　三百万の兵隊は立派に政治的な集団だと云えるかね。かれらの生き甲斐はなつかしい「兵隊ごっこ」にあるとは云えないかね。エルンスト。お前が古きよき軍隊を懐しむのはいい。しかし大ぜいの若い者を毒していい気にさせてはいけない。突撃隊が夢見ているのは、未来の戦争ではなくて、過去の戦争なのだ。》（『わが友ヒットラー』）

レーム事件（六月三〇日事件）を材料にしたこの戯曲の「覚書」で、三島は、「国家総動員体制の確立には、極左のみならず極右も斬らねばならぬというのは、政治的鉄則であるように思われる。」と記している。もっとも、他方では、「ヒットラーという人物には怖ろしい興味を感ずるが、好きかきらいかときかれれば、きらいと答える他はない」「英雄というものに必須な、爽やかさ、晴れやかさが、彼には徹底的に欠けていた」とも記している。

三島なら、大統領就任後のトランプを、どう評価するだろうか。「好きかきらいかときかれれば、きらいと答える他はない」と言いつつ、左右の側近を次々と馘首するところに興味を感ずると、述べるかもしれない。日本の安倍のように、ひたすら「お友達」を守り続けるのが不安の現れだとすれば、トランプには現れざるをえない不安はないということなのだろうか。

否、ヒットラーにも不安はあったはずだし、同様にトランプにも不安はあるはずだ。ただし、彼らは、側近を切り捨てることにより、曖昧な綱領と同じ効果を、掌中にしようとした。つまり、左派の気にくわない極右と、右派の気にくわない極左を、ともに切り捨てることにより、民衆の不安をも切り捨てることに成功した（かのようにみえた）ということだ。このときに、切り捨ての基準は、民衆個々の恣意的な解釈を許すぶんだけ、むしろ曖昧な方が歓迎されるはずだ。

愚昧な安倍政治が、ほんとうの意味で警戒を要する水準に至るときとは、「お友達」の切り捨てに進むときだろう。そのときに、核兵器とＵＦＯは、民間軍事会社と無人戦闘機に姿を変えていることだろう。

この水準では、不安と不信が表面からは消え去る。不安と不信が表面から消えた後においては、生活と反政治を基準に据えた思想を堅持しうるかどうかだけが、本質的課題として残されている。

（初出：「『美しい星』の核戦争論・断章」『流砂』15号）

第11章　小林美代子『髪の花』と精神医療の一九六八年

ヨーロッパの一九六八年――ジル・ドゥルーズの短文「六八年五月〔革命〕は起こらなかった」(『狂人の二つの体制 1983-1995』所収)は、良い読者とはいえない私にとっても、それなりに興味深い内容を持っている。

ドゥルーズはまず、パリ・コミューンやロシア革命には、社会決定論や因果関係には還元されない、「出来事」とでもいうべき部分が存在したと、指摘している。「出来事」は、法則から分岐し逸脱したものであり、物理学における散逸構造そのものということが出来る。

「出来事」は、新たな存在を創りだし、**新たな主観性**を産出すると、ドゥルーズは続ける。ここでいう主観性とは、**身体・時間・性・環境・文化・労働等への関係**を意味する。ちなみに、このような主観性の転換の一例は日本の飛躍的発展だと、彼は述べている。戦後日本社会の高度成長を背景にした、人々の新しい行動と思考を指しているのだろう。

#フランスの一九六八年

だが、フランス社会は、一九六八年が求めた主観性の転換をまったく遂行できなかったと、ドゥルーズは記している。フランスでは、新たな集合的主観性は、予め粉砕されてしまった。一九六八年の申し子たちは、いたるところにいるが、彼らがおかれている状況は、かんばしいものではない。しかし、彼らはたいへんものごとに通じていて、開放性と可能性を維持しつづけているというのである。

このように書きすすめたうえで、ドゥルーズは、「障害者をモデルとした管理された《放棄状況》」、「アメリカ流の粗野な資本主義」、「イランにおけるようなイスラム原理主義」を批判する。そして、可能性の領域は、東西対立の軸でいえば平和主義にあり、南北問題の軸でいえば国際主義にあると記している。彼のいう国際主義とは、富裕な国々の内部の第三世界化（要するに、格差社会のなかの貧困層の拡大）に依拠するものらしいから、この結論部分には、精神科医でもあった同僚フェリックス・ガタリからの悪影響が、及んでいるのだろう。こういった被抑圧層を捜し歩く〈思想〉が、悪くすれば道徳以下の説教に陥り、良くてもたかだか構造改革の範囲にとどまることは、自明だからだ。

それはともかくとしても、ドゥルーズの言うように、はたしてフランス社会と日本社会は、新たな主観性の産出に関して、実際に異なっていたのか。つまり、フランス社会とは違って、日本社会は、一九六八年が求めた主観性の転換を、ほんとうに遂行できたのか。遂行できたとしたら、どのような方法によってなのか。そう問うてみることは、現在でも重要な意義を内包しているはずだ。

#日本の一九六八年――永山則夫と中上健次（1）

日本の一九六八年――この年、のちに「連続射殺魔」として逮捕される永山則夫は、新宿のジャズ喫茶「ビレッジバンガード」で、ボーイとして働いていた（永山子ども基金『ある遺言のゆくえ――死刑囚永山則夫がのこしたもの』）。家具のないアパートの三畳間で暮らす永山は、それでも私立高校に合格して入学金を払ったことがあり、外国煙草をくゆらせながら、片言の英語でいきいきと外人客に対応していた。これらの事実からもわかるように、集団就職で上京した永山にとって、経済的貧困は右肩上がりの経済のもとでは希望によって覆われ、それほどの苦しみをもたらさなかったはずだ。（逆に、永山が苦しんでいたのは、父母からの子棄てに起因する、関係の貧困だった。）

一方、永山の働く店の目と鼻の先にある「ジャズビレッジ」では、中上健次が、睡眠薬ハイミナールを齧りながら、小説を書いていた（高山文彦『エレクトラ』）。中上のフーテン生活が経済的に可能であったのは、戦後の高度成長で土木請負業として成功した義父の金を、母が仕送りしたからだという。ここにも、経済的貧困の相対的低下という、それ自体は喜ぶべき現象が介在していることがわかる。

中上が永山事件から大きな衝撃を受けたことは、比較的よく知られている。中上は、永山に関し、次のように記している。

《永山則夫をぼくは自然、つまり生れ、育ち、生活し、死ぬという「人生の意味」への反抗者だともみる。この世界の中のもろもろの上を流れる時間と言ってよい。永山則夫における真の敵は、自己の内（身体）を流れる時間であり、自己の外のもろもろの他者であった。…中略…彼には言葉はない。ただ、身体の内より性衝動のようにわきあがってくるわけのわからない不安につきうごかされ、ゴーゴーを踊り、マイルス・デビスのトランペットに涙を流し、女をナンパして性交渉をもつ。》（『鳥のように獣のように』所収の「犯罪者永山則夫からの報告」初出は一九六九年の同人誌『文藝首都』）

これは、永山事件の報道直後の文章である。「マイルス・デビス」（マイルス・デイビス）に涙を流していたのは中上自身でもあるから、中上は、まさにドゥルーズのいう主観性、すなわち身体・時間・性・環境・文化・労働等への関係を永山の行動の中に読み取り、それらを自分自身と重ねて考えていたのである。

#日本の一九六八年——永山則夫と中上健次（2）

しかし、時間が経過すると、二人の生命を維持する場所は、それぞれ獄中と「六畳のアパートの一室」に別れた。そればかりではなく、文学的にも互いの距離は拡大していく一方になる。獄中で永山則夫が著した『無知の涙』『人民をわすれたカナリアたち』について、中上健次は、「言葉のクズ」「『人民』を金科玉条にして、青っ白いふぬけたなんでもすぐペコペコ頭を下げたがる『カナリアたち』を、どなり散らし挑発しているだけ」「嘘」と断定している。そして、こう続ける。

《貧困と行動（犯罪）を短絡させ、それを後生大事に言う時、では、おまえの体験した貧困とはどんなものなのだ、と訊いてみたくなる。どのような崩壊なのだ？　永山の、犯罪の後に書かれた手記を読むたびに、不愉快になる。…中略…『カナリア』どもにあてこすりなど言う暇があったら、自分にとってほんとうに犯罪とはなんであったか考えてみろと言いたい。》（『鳥のように獣のように』）

同時に、中上は、あたかも苛立っているかのように、同じ言葉を自らに対しても発している。

《いま、言葉の使い手たる永山則夫は、内にかかえた純粋な単純な裸のむきだしの十九歳の犯罪少年によって、射ち殺されねばならない。もちろん、こんなわかったようなわからぬような支離滅裂な駄文を書きつらねてきたぼくも同様にである。》（前掲書）

これを後の時代に置き換えるなら、ドゥルーズのいう「富裕な国々の内部の第三世界化」などは、「ゴミ」であり「嘘」に過ぎないと言っているのだ。さらにいいかえるなら、一九六八年を通過した日本社会には、「カナリアたち」ではない、新たな主観性の産出へと向かう若い作家が、少なくとも一人は存在していて、現在にまで通用する言葉を「書きつらね」ていたことになる。

なお、同じエッセーのなかで中上は、「連続ピストル射殺事件の核になっているものは、もしかすると母の愛を求めつづけようとすることなのかもしれない」という、一見すると平凡すぎるような結論を記している。しかし、この結論こそが当時、経済的貧困の相対的縮小と逆比例するかのように拡大しつつあった、関係の貧困を指摘する言葉だったことを、忘れてはならないだろう。

ちなみに、永山自身も、そのことに気づいていたふしがある。堀川惠子『永山則夫　封印された鑑定記録』によると、永山は、自らが法廷で「自分のことを書いていない」と全面否定した精神鑑定書を、セロハンテープで修復して、死刑執行まで大切に保管していたという。私は、ある研究会で鑑定書の全文を読むことが出来たが、そこには私の言う関係の貧困が詳細に記録されていた。だからこそ、自らの発言とはうらはらに、永山は、この鑑定書を修復までして大切に保管していたのではないだろうか。

#『十九歳の地図』のなかの小林美代子

中上健次の話を、もう少し続ける。大江健三郎の『セヴンティーン』が、浅沼稲次郎刺殺事件の山口二矢をモチーフにしているのと相似形に、中上の『十九歳の地図』という初期の小説が、永山則夫事件をモチーフにしているとの意見には、それほど異論は出ないであろう。

ただし、『十九歳の地図』に描かれているのは、地図に×印をつけ公衆電話で爆破予告をする、予備校生の姿だけではない。もう一人、重要な位置を与えられている年配の女性がいる。新聞配達員である紺野が崇拝する、「かさぶただらけのマリアさま」だ。「かさぶただらけのマリアさま」は、「五十にもなったヨイヨイのババア」で、次のように話すのだという。

《あの人はね、蚊のなくような声で、玄関に坐ってゲタ箱を改良した本棚にいまにも内から肉がくずれてしまいそうに疲れた体をもたせかけ、いいのよお、って言うんだ、だまされるのもなれてる、嘘をつかれるのもなれてる、みんないいのお、あなた、死ぬことなんか考えないで、生きなくっちゃあ。》

この「マリアさま」が、『髪の花』で『群像』新人賞を受賞した小説家である小林美代子をモデルにしていることは、中上自身が認めている（前掲書所収の「方位'73」）。

一九六〇年代中葉に、中上も美代子も、小説を同人誌『文藝首都』に投稿していた。その頃、美代子は精神病院へ入院中だったが、合評会の日だけは、特別に院外への外出が許可されていた。合評会では、多くの同人たちが、「未成熟な差別」の視線を美代子へ送るのに対し、中上だけは下駄箱から彼女のぺちゃんこな靴を出してあげていたという。[*1]
おそらく、中上の気持ちのなかには、精神に変調をきたした末に自殺した、兄の姿が去来していたのだろう。そういえば、永山則夫が慕った姉もまた、網走の精神病院へ入退院を繰り返していたはずだ。また、美代子の自伝的小説『繭となった女』によれば、彼女の姉と妹も同様に精神病院へ入院させられ、いずれもが院内で亡くなっている。
中上の自殺した兄、永山の姉、そして美代子やその姉妹の周囲には、いったい何が起こっていたのだろうか。この問いは、一九六八年へ向かう日本社会を記述することと、ほぼ等しい。だが、ここでは結論を急がず、迂回路として、美代子の人生をたどっておくことにしよう。

＃小林美代子（1）

先に挙げた自伝的小説『繭となった女』のとおりなら、小林美代子は、戦前の福島における没落家庭のなかで育った。家賃が払えず追い出された結果、長屋の六畳一間に家族九人が住んだ。着た切りで火鉢も薪もなかった。このような経済的貧困の中で育った美代子は、一二歳で上京した後、子守りや女給などの仕事をこなしつつ、速記を習った。そして、戦火の拡大する中、非鉄金属鉱山業の会社に速記者として採用された。

美代子にとって、もっとも明るかった時代は、第二次世界大戦下に暮らした東京時代と、疎開先の鬼怒川時代だったのだろう。速記の技術を活かして、女性としては初めての社員になり、日経新聞を読んだ。疎開中は、旅館を借り切った寮で、寮長をつとめた。寮生からは、恋の相談を受けた。社長の料理作りを命じられたときは、きっぱりと断った。食料の分配をめぐって、会社側と団体交渉もした。戦争のもたらす奇妙な健康さと明るさが、美代子の身の上にも降り注いでいたことがわかる。

しかし、戦後になると、美代子は精神に変調を来すようになった。同じく『繭となった女』のとおりだとすれば、男女関係に起因する自殺未遂や、メニエール病の苦しさ等の後に、幻視や追跡妄想を来すようになったらしい。精神病院への入院を余儀なくされた美代子は、入院三年目に小説を書きはじめ、作品を『文藝首都』に投稿し採択された。その作品が、一九六六年発表の小説『精神病院』（後に『幻境』と改題）[*2]である。

『文藝首都』の合評会が開かれる日に、美代子が許可されて外出したことは、すでに記したとおりだ。ここで、上述の下駄箱のエピソードにつながる。そして、その半年後の一九六七年に、美代子は退院することが出来た。その後、一九七一年になって、美代子は、『髪の花』により『群像』新人賞を受賞することになる。

＊1　高山文彦『エレクトラ』による。その出所は唐澤るみ子「牛王」No.3であるが、同内容は以下のサイトでも読むことができる。https://plaza.rakuten.co.jp/kumanodaigaku/diary/200712120000/

＊2　『幻境』については、『小林美代子『幻境』の世界』と題された研究論文（『世界文学』No.127）がある。私は寡聞にして知らなかったが、論文の著者＝永井里佳から別刷を送っていただき、読むことが出来た。

『髪の花』は、精神病院に入院させられている女性から、はたして実在しているかどうかさえあやしい、空想もしくは妄想上の母へ宛てた、何通かの手紙の形式で書かれた小説だ。

《私は狂気の時は乱暴しません。一心に恐怖から逃げるばかりです。今日は正気で大暴れし、保護室に監禁されました。…中略…患者は、部屋、廊下、便所の掃除、雪の中で医者や看護者の自動車洗い、その上鶴の一声で看護婦の勤務室の掃除もさせられる。》（『髪の花』）

当時の精神医療と精神病院の劣悪さが描き出されていることもあって、『髪の花』は、チェーホフの『六号病棟』とともに、精神医療従事者のあいだでは長く読まれていた。もちろん、そういう精神病院告発の読み方が、まったくの筋違いというわけではない。実際に、ここに記されていたような不当な監禁や患者使役は、少なくとも一九八〇年代頃までは、多くの病院で続いていたからだ。だから、大江健三郎が「精神病院についての良質のルポルタージュがはたすと同じ役割をはたすだろう」と記し、野間宏が「患者の自由をいかにして成立させるかを問うている」と記した（いずれも『髪の花』付録批評集による、以下同）のも、作品に対する評価としては、いかにもピント外れとはいえ、ゆえなきことではない。

しかし、美代子が小説を執筆したモチーフは、それらとは違っていた。江藤淳による「狂人のなかにひそむ治りたい願望」という指摘や、磯田光一による「〝ただの人〟になりたいという切ぐにわかる。

実な希求」という指摘の方が、おそらく彼女のモチーフに近いであろうことは、作品を読めばす

ところで、中上健次は、『髪の花』を「むごたらしいほど美しい小説」としつつ、「この作品の〈真実〉は、狂気にあるというのでないこともたしかである。狂気をこえた、生きようとする生の姿勢に感動するのだ。」と記した。もっとも、これは美代子の自死の後に書かれた文章だ。だから、彼女の死の三か月前に発表された『十九歳の地図』を執筆していた当時の、中上による美代子評価とは、異なるかもしれない。

『十九歳の地図』のなかで、「ぼく」は、「かさぶただらけのマリア」（小説の中では「おおばやし」という姓が与えられている）に電話を掛ける。そして、「うじ虫のように生きてそれをうりものにしてるのならさっさと首でもくくって死んでしまったらどうだよ、だいたいごうまんだよ、自分一人でこの世の不幸しょってるなんて顔をして、人に、死ぬんじゃない生きてろなんて言うの。」と毒づく。

《「死ねないのよお、ずうっとずうっとまえから死ねないのよお、ああゆるしてほしかったのお、なんども死んだあけど、だけど生きてるのお」女はうめくように言いつづけた。…中略…ぼくはその言葉にではなくて声に腹を立て、「嘘をつけ」と吠えつくようにどなった。》（『十九歳の地図』）

この部分を指すのかどうかわからないが、美代子は、『十九歳の地図』によって「口惜しいことをされ」「目まいが再発」したと、恩師への手紙に書いていたという（七北数人「解説」『シリーズ日本語の醍醐味⑥』所収）。いずれにせよ、「かさぶただらけのマリア」は、一種の精神病者の神格化であるが、そのような神格化は、美代子には受け入れがたかったようだ。だとすると、一九六八年へと向かう同人誌の中で交差した二人は、それからわずか数年の後に、互いに限りなく遠ざかっていたことになる。

＃小林美代子（2）

こうみてくると、『十九歳の地図』には、「かさぶただらけのマリア」の神格化と、その否定が描かれていることがわかる。そして、その否定の先に、「狂気をこえた、生きようとする生の姿勢に感動する」という評価がはじめて成立することは、今日の私たちからみれば比較的容易に理解しうることがらでもある。

しかし、一九六〇年代中葉から七〇年代初頭にかけての中上と美代子とのあいだでは、そういう理解は成立せず、むしろ誤解が誤解を産む悪循環のみが生じた。一方では、精神病者の神格化としての疎外がある。このような形での共同体からの疎外は、いわばアジア的残滓がみられる社会において発生する、疎外形態にほかならない。他方では、現実の人間を、非生産的な者として物理的拘禁下の環境に閉じこめる、疎外形態がある。これは、重工業化する社会において発生する、近代的疎外形態といいうる。

『文藝首都』を介して中上と美代子が出会った時期は、精神病者にとっては、ちょうどアジア的社会からの疎外を抜け、近代的疎外へ舵を切り始める移行期に相当していた。だからこそ、小説家としての中上の想像力は、「かさぶただらけのマリア」というアジア的存在への定位と、「生きようとする生の姿勢」という近代的疎外からの主体的脱出を、方法論として二つ同時に採用せざるをえなかったのである。その証左でもあるかのように、生前の美代子からの長い電話に対し、中上は、「いいですか、単眼じゃなく複眼で書くんですよ」と助言している(「方位73」)。

中上の助言に対し、「フクガン、そうなの」と答えた美代子は、その意味を掴み損ねた。おそらく、アジア的な神として自らが定位される可能性は、彼女の思考の中には露ほども存在せず、ただ先述の江藤淳のいう「治りたい願望」や、磯田光一のいう「〝ただの人〟になりたい」という希求のみで、思考のすべてが占められていたのだろう。

彼女にとって、自らの発病という「出来事」は、新たな主観性としての身体・時間・性・環境・文化・労働等への関係を、一瞬に限っては小説の形をとって創りだすことが出来たに違いない。しかし、それは重工業社会からの疎外という壁を超えることは出来ず、かといってアジア的定位は、はじめから彼女の眼中になかった。その果ての「出来事」が、美代子の自殺だったのである。

こうして、美代子の（そして中上の兄の）自死と引き換えに、生きのびた中上の胸のなかには、死者の魂が住み続けることになった。それゆえ、必然的に中上は、**アジア的疎外と近代的疎外に対し、「複眼」をもって穿ちつづけるという課題**を、新たな主観性を確立するための方法論として、改めて選んだのである。

以上が、一九六八年をはさむ時代の見取り図にほかならない。

小林美代子と芥川龍之介

一九六八年をはさんで明らかになった、精神病者に対するアジア的神格化の後退と、重工業化社会における精神病の俗化（大衆化）と閉じ込めを見抜いていたのは、先にも繰り返し引用したとおり、大江健三郎や野間宏ではなく、江藤淳と磯田光一であった。同じ文章の中で、江藤は、「狂人のほうが正常人よりも純粋だとか」の言説は「インテリの寝言」だと断言し、磯田は「左翼学生」の「日常性への埋没」批判に対し「ふざけるな」と言いつつ、「日常性に埋没しようと必死の努力をしている狂人」の存在を支持している。

実際に、小林美代子自身も、「芥川龍之介『歯車』における狂気と私の狂気」（『シリーズ日本語の醍醐味⑥』所収）の中で、「私は歯車を読んでから狂ってみたいと憧れていたが、狂ってみて、私の狂い方が余りに俗っぽいのに失望し、五年間も病院に閉じ込められて、大変割に合わなかったと思っている。」と、心情を吐露している。

もちろん、芥川の『歯車』は、決して思想的な苦悶につながるものではなかった。そのことは、吉本隆明が『芥川龍之介の死』のなかで指摘しているとおりだ。芥川の自殺は、「『歯車』や『或阿呆の一生』のあとに、どのような作品も想像することができないように、純然たる文学的な、また文学作品的な死であって、人間的、現実的な死ではなかった」のである。

美代子は、「歯車」が思想的苦悶の表現だと言っているわけではないし、芥川の死が人間的・現実的と言っているわけでもない。ただ、芥川の狂気が「天才型」であるのに対し、自分の狂気は「凡の最たるもの」と言っているだけだ。つまり、狂気や自死が、他者からのまなざしによって神格化される時代では、もはやなくなったことを、実感として書きしるしているのである。

美代子の芥川論は、一九六九年の『文藝首都』に掲載されている。彼女は、一九六八年を超えた後の狂気の本質を、はやくも身をもってつかんでいたのである。

精神医療の一九六八年

以上のような狂気をめぐる流れと並行して、一九六八年は、精神医療の中にもう一つの流れを胚胎していた。雑誌『精神医療』六〇号掲載の森山公夫の論考（「1968年革命素描」）により、その流れを追うことにしよう。まず、前史として、青医連（青年医師連合）全国期成会議の結成や国家試験ボイコットの闘いがあり、次のように続く。

（1）東大医学部闘争の始まり：一九六八年一月、医学部無期限ストライキ。三月一一日、当局が一一名の医学部生を処分。同月末、被処分学生T君が当日現場にいなかったことが医学部講師により立証されたにもかかわらず、当局は処分を撤回せず。六月一五日、処分撤回を求め医学部学生は安田講堂を占拠。

（2）「東大全学闘争」への拡大：六月一七日、機動隊導入によって安田講堂占拠学生を排除。七月五日、東大全学共闘会議結成。一〇月、東大全学部ストライキ。

（3）全国的な状況：一月、エンタープライズ寄港阻止闘争。二・三・四月、王子野戦病院建設阻止闘争。

（4）東大病院精神科をめぐる精神医療運動：一〇月一四日、東大精神科医局解散。同月二一日、東大精神科医師連合（精医連）結成。一一月七日、台（うてな）教授不信任決議。

以上とともに、関西でもいくつかの前史を経て、京大精神科評議会と関西精神科医師共闘会議が誕生し、翌一九六九年の金沢学会闘争[*3]へと至る。

このような精神医療運動史を、森山は祝祭としての革命になぞらえている。不当処分もその撤回闘争も、全学ストも精医連結成も、それぞれはいずれもドゥルーズのいう「出来事」であるが、それらは、ひとたび身体・時間・性・環境・文化・労働等へ関係するや否や、主観性へと転換する。そして、その主観性が持続したとき、それは新しい主観性の創出すなわち革命と呼ばれる。

しかし、この後、精神医療分野での革命は、一方で精医研(精神医療研究会)という団体とのあいだでの内ゲバを産み、他方では精神医療改革派が学会や病院の重要ポストの一角を占めることにより、いわば構造改革運動を余儀なくされるという局面へと移った。

もちろん、後者が無駄というわけではない。それどころか、重工業社会で「俗化」した狂気が、情報産業時代に「生活化」することにより、閉じ込めから社会参加へ向かう道のりを創り出すことは、小林美代子が求めたものでもあったはずだ。しかし、もはやそこには、新しい主観性の創出はなかった。

では、小林美代子の作品群は、忘れ去られる運命にあるのだろうか。そうではない。戦後日本の高度成長社会は、狂気をめぐっても、たしかに一度は主体性の転換をもたらしていた。それは、美代子と中上健次との交差に象徴されるものだった。だが、不幸にも二つの新しい主観性は離反し、美代子は自死を選んだ。それでも、**美代子が残した作品群は、中上のいう「複眼」によって読まれる限り、主体性の転換を持続させるもの**であり続ける。

＊3 日本精神神経学会総会の全発表を中止させ討論集会に切り替えることにより、精神医療改革の第一歩が踏み出された闘争で、英語表記は the Kanazawa Revolution。

おそらくドゥルーズは、美代子の小説も中上の小説も知らなかっただろうが、日本社会の高度成長の過程が、主体性の転換を産みだしたという結論部分については、正答していたことになる。反面、同じくドゥルーズによる、「南北問題」「国際主義」「障害者をモデルとした管理された《放棄状況》」といった言説は、単なる構造改革の課題（それ自体は実利的重要性を持つものであるが）を、一九六八年が積み残した〈思想〉であるかのように妄想する、誤答でしかなかった。

（初出：同題『流砂』16号）

◆コラム　レジリエンス――『源氏物語論』

#フランクル

ナチス強制収容所からのサバイバーでもあったフランクルは、精神医学的治療の任務を、心の平衡を取り戻すことだと位置づけた。これに対し、宗教の任務は、魂の救済にあると述べた。その上で、両者の関係について、次のように踏み込んで語っている。

《宗教が、意図しているわけでないのに、心の平衡の維持には事実非常にそして無類に多くの貢献をしていることが再三判明します。…中略…ところが同じようなことは心理療法の側にも起ります。つまり、同じくそこに意図があるわけではないのに――心理療法がそれを望むわけでない、いや望むことだけでもいけないのに、精神医学的治療の過程でそれまで埋もれていた信仰心の芽が――私が前に言ったまさにあの無意識の宗教心がふきかえすことはいくらもあります！》（『時代精神の病理学』）

ここでフランクルが述べている内容を、スピリチュアリティと言い換えてもいいだろう。前提として、彼は、スピリチュアリティを意図してはならないという、治療の大原則を明示している。（精神科医程度の者が、軽々しくスピリチュアリティを唱える傾向が認められる昨今、忘れてはならない戒めというべきだ。）精神医学的治療は、スピリチュアリティを目指してはならない。にもかかわらず、結果としてその端緒が獲得されてしまうことがあると、彼は述べているのだ。

なぜ、こういうことが起こるのか。フランクルは、遺伝と境遇つまり血と土という二つの面から人間の問題を扱おうとする試みは、最初から失敗するに決まっていると断言する。人間は、人間精神の「反抗力」を持っているから、というのがその理由だ。

《臨床的な経験事実、遺伝研究と脳研究、生物学、心理学また社会学では、まるで人間の精神がどんなに依存的でまた脆いかが証明されてでもいるようなのを再三見受けたり耳にしたりしますが、事実はまさにその逆で、結局のところ、少くとも臨床面の研究結果は精神の反抗力に有利なのです。》（前掲書）

レジリエンスという言葉があり、復元力、回復力などと訳される。元来は物理学用語だが、精神医学的-心理学的レジリエンス概念の起源は、第二次世界大戦中のアンナ・フロイトにまで遡るといわれる。

同じころ、ナチスによる迫害の渦中で、フランクルが紡ぎだした精神の反抗力についての概念も、レジリエンスであった。『時代精神の病理学』は、一九五一年から一九五五年にかけてのラジオ講演を基にして編纂されたというから、遅くともそのころまでにフランクルは、人間の持つレジリエンスの意義を、明確な形へと結晶させていたことになる。

『源氏物語論』

だが、スピリチュアリティとレジリエンスの起源は、第二次世界大戦前後よりも、はるか昔にまで遡行することが出来る。私たちが、すぐに思い浮かべることのできるエピソードは、『源氏物語』に描かれた、以下のような場面だ。

宇治十帖の中で、薫は、山里に住む八の宮の大君に心をひかれ、また同じ日に年老いた女房（弁の君）から、自らの出生の秘密を示唆される。八の宮の他界後も、薫は大君の美貌に圧倒され寝所に忍び込むが、大君は妹の中君を残して逃げ去る。その後、大君は病に伏し、薫の看病にもかかわらず、亡くなってしまう。一方、中君は、匂宮の子を懐妊する。

亡き大君の異母妹＝浮舟は、大君とよく似ていた。薫は浮舟を京都に迎えようと考えるが、匂宮は薫をよそおって浮舟に近づき、ついには対岸の小家で二日間を過ごした。こうして薫と匂宮とのあいだにはさまれた浮舟は苦しみ、入水自殺を企図する。遺体のないまま、浮舟の葬儀が行われたが、彼女は木の根元で倒れているところを、横川の僧都一行に救助される。浮舟は加持により回復したものの、素性を明かさず出家を願う。それを知った薫は、出家後の浮舟に手紙を届けるが、浮舟は人違いだと言って受け取りを拒否する。薫は、浮舟が別の男に匿われているのではと疑う——。

第一に、出生をめぐるトラウマゆえに、女性への性愛を解放できない薫がいる。第二に、性愛を解放できない薫は、大君の代理である中君にも性愛を解放できない。そして、第三に、大君を死の床で看病することによってのみ、あるいは自殺未遂後の浮舟に疑惑を抱くことによってのみ、薫の性愛は歪んだかたちで解放されるだけだ。

ちなみに、それぞれについて吉本隆明は、次のように述べている。

《薫と大姫君の二人がほんとにやってるのは、まだ始まりもしないのに、もう終ってしまったじぶんたちの愛恋なのだ。》

《二人〔薫と大君・引用者註〕の特異なエロスは死の病床ではじめて、その観念的な憧憬を解き放つことができている。》

《はじめから喪失の愛恋しかできなかった薫大将は、もともと失うべき対象など何ももっていなかったのだ。》(『源氏物語論』)

これらは、薫の側に引き寄せた解釈だといいうる。では、薫の心理とは別に、「失うべき対象」ですらなかった浮舟から見た、自殺未遂からの回復は、どのように位置づけられるのだろうか。自殺未遂後の浮舟は、今日でいう解離によって記憶に欠損が生じている状態なのか、あるいは記憶はとうに回復しているのに欠損を装っているだけなのか、明瞭には区別しがたい。というよりも、区別は不要であるように描かれている。どちらであったとしても、現実の対人関係を極小にまで切り詰めることに、かわりはないからだ。

詳しい説明は省くが、平安時代の精神疾患は、（それが疾患として扱われたかどうかはともかく）主にヒステリー性の現象であったと考えてよい。そして、治療は、主に加持祈祷だった。もちろん、そこには憑依のような病因論が仮定されていて、それをとりのぞく治療が、加持祈祷だったという一面がある。

だが、加持祈祷によっても生命を救えない、大君のような場合もあった。反対に、浮舟のように、少なくとも一命だけはとりとめうる場合もあった。両者のどこが違うのか。フランクルであれば、血でも土でもなく「人間精神の反抗力」というところだろう。

父を亡くした大君の身寄りといえば、妹の中君しかなかった。その中君を、自分の代わりに薫と結びつけようとして出来なかったとき、大君にとってのすべての関係が絶たれた。一方、浮舟には、薫と匂宮の双方との関係を断ち切ったあとにも、少なくとも母（常陸の介の妻）

が残っていた。そればかりではない。助けられた浮舟が運び込まれた小野の里には、娘を亡くした妹尼がいて、浮舟を亡娘の生まれ変わりだと考えていた。

小野の里の共同性をはじめとする、いくつかの関係の中で、浮舟にとってのレジリエンスが作動したのではないか。言い換えるなら、加持祈祷は救急治療としての意義を有していたが、そこから先の回復は、小さな関係の複合システムに支えられたレジリエンスに、導かれたものだったのではないか。

では、最終的に出家を選んだ浮舟は、自分を救出した関係の複合システムを、捨ててしまったのだろうか。薫や妹尼は（あるいは僧都でさえも）そう受け取ったかもしれない。しかし、ここでもフランクルのひそみにならって言うなら、治療が意図しなかった「無意識の宗教心」が作動したがゆえの、必然的結果だったということになろう。スピリチュアリティとは、そういう必然の行動から生じると、言い換えてもよい。

（初出：「治療と回復の原点」『精神医療』85号）

第12章　吉本隆明の境界性パーソナリティ障害論

――『国境の南、太陽の西』と『おしまいの日』

吉本隆明は、一九九二年における二つの講演[*1]で、村上春樹の『国境の南、太陽の西』と新井素子の『おしまいの日』を、とりあげている。前者は「たいへん健全な感覚で、健全な世界が描かれて」いる作品、後者は「現在の精神的な社会が陥っている病理と生理をいちばんよく象徴的に描いている」作品だというのである。

同時に、吉本は、「健康な主題・健康な物語・健康な登場人物が出てくる小説の健康さ」は本当の健康さとはいえないと指摘し、また、「異常な作品、異常な登場人物しか出てこない作品」は本当に不健康な作品ではないとも指摘している。

では、**健康**と**不健康**の境界は、どこにあるのだろうか。また、〈**正常**〉と〈**異常**〉は、先験的に区別することが可能な事態なのだろうか。

＊1　「'92文芸のイメージ」および「新・書物の解体学」（いずれも『吉本隆明〈未収録〉講演集12芸術言語論』所収）

#『国境の南、太陽の西』(1)

『国境の南、太陽の西』は、とくに複雑な小説というわけではない。一九五一年一月生まれの「僕」は、小学生時代に「島本さん」という、脚の悪い女の子に出会い、よく二人で一緒の時間を過ごした。中学校へ進むとき、「僕」は違う町に移ったから、「島本さん」の所から、遠のくようになった。

高校で「僕」は、イズミという名のガールフレンドをつくった。ところが、「僕」がイズミの従姉と性交を重ねるようになったため、イズミを傷つけ別れる結果になった。大学でもガールフレンドをつくったが、結局はうまくいかなかった。卒業後、「僕」は、教科書を編集・出版する会社に就職した。

二八歳のとき、「僕」は、奇妙な体験をした。「島本さん」にそっくりな脚のひきずりかたをする女性を見かけ、あとをつけたのだ。ところが、がっしりした男があらわれ、表情のない目で「僕」をみつめながら、「つけまわすのはこれでやめにしてください」と言いつつ、一〇万円入りの封筒を差し出したのだった。

三〇歳になり、「僕」は結婚した。妻の実家からの援助もあって、「僕」は、二軒の上品なバーを持つことが出来た。二人の子どもをもうけ、マンションを買い、箱根に別荘を持った。車はBMWとジープを買った。

三六歳になったころ、「僕」の店に「島本さん」があらわれた。以前、「僕」があとをつけた脚の悪い女性は、やはり「島本さん」だった。

ある日、「すぐ海に流れ込む川」に行きたいという「島本さん」の求めに応じ、「僕」は石川県へ一緒にでかけた。それからしばらく後に、「僕」と「島本さん」は、箱根の別荘で体を重ねた——。なるほど、「僕」が精神的〈異常〉を来たしたというエピソードは、どこにも記されていない。どこまでも「僕」は健康だ。一方で、「僕」に傷つけられたイズミは、どうなったか。小説には、昔のように可愛くはなくなったと書かれている。それどころか、近所の子どもたちから怖がられているという。しかし、幻覚や妄想を呈しているわけではない。だから、その限りでは、イズミもとりあえずは健康だといっていい。

では、とりあえずではあっても、イズミが健康であるとするならば、あらためて彼女の健康の源は、どのあたりにあったのか。イズミの父親は日本共産党員の歯科医で、飼っている犬の名前はカール・マルクスに由来する「カール」だった。けれども、イズミは、両親のことは好きだったものの、日本共産党には全く興味を持っていなかった。このあたりが、たいへん健康なのだ。

翻って「僕」の場合はどうか。「僕」が大学へ進学する年には、多くの大学が学生によって占拠され、デモの嵐が東京を席巻していた。「僕」は、その熱を、じかに感じたかった。入学した「僕」は、デモに参加し、警官隊と闘い、大学ストを支援し、政治集会に顔を出した。しかし、心から熱中することは出来なかった。このあたりが、健康さのあらわれという形で、小説には描かれている。

もちろん、少しだけ闘争に参加しながら熱中できなかったことの、どこが健康なのかという疑問が、湧き上がってくるかもしれない。だが、村上春樹の小説を愛好する読者の多くは、闘争の周辺にいて躊躇していたり、闘争の季節から遅れて生まれたため、参加しようにも出来なかった人たちだと考えるなら、納得がいく。つまり、小説家としての村上春樹は、このような読者層をあらかじめ多数派として想定し、そこへ向けて心地よい小説を書こうとしたのだろう。

このことに関連して、吉本隆明は、次のように述べている。

《まったく健全な感覚と、健全な描写と、申し分のない愛情物語で、どこにも欠陥もないし、病的なところも何もないということになるわけで、この作品もたいへん心地よい作品ですが、その心地よさには、一種のうさんくささが伴うわけです。

そのうさんくささは何かというと、やはり八九％の一般としては満たされているけれども、満たされない自分はこれはちょっとかなわないよな、いまにどうしようもなくなってしまう。…中略…これではちょっとかなわないのではないでしょうかと一一％の人は思います。》（「'92文芸のイメージ」）

八九％とは、一九九二年当時における、中流意識を持っている人々の割合を指している。重要なのは、八九％と残りの一一％との対立は、多数派の人々と少数派の人々とのあいだでのみ、生じるのではないという点だ。

対立は、一人の人間の内部でも生じる。つまり、ある個人の観念には、中流と感じる八九％の部分と、そうではないと感じる一一％の部分が、並存し対立しているのだ。だから、八九％に向けて書かれた健全な小説は、一人の人間の内部の一一％の部分を、納得させることが出来ない。

『国境の南、太陽の西』(2)

それでは、『国境の南、太陽の西』には、まったく病的な人物の描写が含まれていないのだろうか。必ずしも、そうとはいえない。

第一に、「僕」と訪れた石川県で、「島本さん」が血の気を失い、奇妙な音をたてて呼吸をつづける以外は、身動き一つ出来なくなる場面がある。そのとき、「島本さん」の持っていた薬を「僕」が飲ませると、一〇分ほどで、彼女の頬に赤みがさしてきた——。

おそらく、パニック発作[*2]を想定した描写であろう。精神病と非精神病（神経症）に大別する場合、パニック発作は非精神病に分類される症状だ。症状の発現前に、きっかけが認められることも、そうでないこともある。ちなみに、「島本さん」の場合は、彼女が産んだ赤ん坊の遺灰を、石川県の川に流した直後に生じている。

＊2　突然、強い不安感とともに、動悸や息苦しさなどが生じる状態。症状自体をおさえるには抗うつ剤が用いられる。（ただし、「一〇分」では吸収されないから、小説のような速さでは効き目はあらわれないが。）

だから、「島本さん」は、申し分なく健康というわけではない。だが、どの程度まで健康が損なわれているのか、その背景に何があったのか、「僕」は何も知らない。死んだ赤ん坊の灰を「島本さん」が川に流すのを見た後も、何も知ろうとしない。知らないからこそ、二人の関係は、「僕」から見た限りにおいて、健康を保つことが出来ると言い換えてもよい。

第二に、「僕」が二八歳のときの、奇妙な体験がある。脚の悪い女性のあとをつけているときのことをふりかえって、「僕」は、「失礼ですが、島本さんではありませんか？」と直接聞いてみるべきだったと考え直している。

一方、「僕」と再会した「島本さん」は、「どうしてあのとき、あなたは私のあとをつけたりしたの？」と尋ねている。「あれが君だったのかどうか、僕にはわからなかったんだ。」と「僕」が応じると、島本さんは「じゃあどうして声をかけなかったの。どうして直接たしかめてみなかったの？」と重ねて尋ねた。ちなみに、つけられているときの「島本さん」は、つけている男が「僕」だとはわからず、怖いという思いしか頭になかったが、タクシーに乗って一息つくと、とつぜん「僕」だったんじゃないかと思い当たったのだという。

吉本隆明がしばしば言及する、夏目漱石の『彼岸過迄』における敬太郎の話と、似ていないこともない。敬太郎は、叔父の田口から、入社試験がわりに、小川町の停留所で下りる男の行動を、探偵して報告しろと命じられ、男のあとをつけた。男は女を誘い、西洋料理屋へ入って会話を交した。やがて男は女を見送り、電車に飛び乗った。終点で、男は人力車に乗り換え、そこで敬太郎は男を見失ってしまった。翌朝、目覚めた敬太郎は、昨日の出来事は、本当の夢のようであったと思う。

敬太郎は叔父の田口に報告したあと、あとなんかつけるより、じかに会って聞いた方が、確かなことがわかるのではないかと付け加えた。それに対し、田口は、「其所に気が付いていれば人間として立派なものです」と応じた——。

『彼岸過迄』の敬太郎も、『国境の南、太陽の西』の「僕」も、声をかけないまま追跡している。また、ことが終わったあとになってからだが、声をかけたほうが早いことに、共に気づいている。加えて、敬太郎が本当の夢のようだと思ったのと同じく、「僕」も「その時の出来事は何もかも僕の幻覚の所産ではないか」と思うことがあると、小説には記されている。

では、どこが違うのか。一般に、追跡妄想であれば、つけている（と思われている）人は、当然ながら自分ではつけていると思っておらず、つけられている（と信じ込んでいる）人は、何のために誰がつけているのかを詮索して疑心暗鬼に陥っている。

すると、『彼岸過迄』では、敬太郎は何のために誰を追跡しているのかわからないまま男をつけ、男はつけられていることを知らないのだから、ちょうど追跡妄想の裏返しが生じていることになる。

一方、村上春樹の小説では、「僕」は先を歩く人が「島本さん」かそうでないかを確信できないまま、あとをつけているのであり、つけられているほうは恐怖を感じているが、それはがっしりした男による威圧と一〇万円で解決しうる範囲での恐怖だから、ちょうど追跡妄想を稀釈した程度の状況が生じていることになる。

こうしてみると、健康そのものの小説の中にも、ある程度の病的状況が侵入していることがわかる。その状況とは、吉本のひそみにならっていえば、個人の中の一一%に属しているが、八九%が目を瞑ることにより視えなくされてしまう状況でもある。

換言するなら、健康と不健康の間には、それほど明確な境界が存在するわけではない。ただ、侵入してくる不健康な部分を、あえて見ないようにすることで保たれる程度の健康が、**一九九二年**（『国境の南、太陽の西』は、一九九二年における吉本の講演の直前に刊行されている）という時代には、出現していたのだ。

#『おしまいの日』（1）

それでは、『おしまいの日』のほうはどうか。この小説は、手馴れた書き手によるエンターテインメントというべき作品で、以下のようなストーリーが展開される。

三津子は、幸せな（はずの）専業主婦で、忠春と結婚して七年になるが、子どもはいない。忠春は、いつも残業で帰りが遅く、休日も接待ゴルフへ出かける。それでも、三津子は、食事の準備をして忠春を待つことに、喜びを感じていた。

ある日から、忠春を待つ三津子には、「幻聴」が聴こえるようになった。電話のベルにそっくりの音だ。また、「にゃおん」と名づけた猫が出現し、三津子はその猫のためのクッションその他を自作する。だが、途中から猫の姿は消え、そればかりでなく、三津子が用意したクッションなどの品物も消えてしまう。そもそも猫が実在したのか、それとも「幻猫」なのか、曖昧になってしまうのだ。

学生時代の友人にすすめられて仕方なく、三津子は、ラジオ局でリクエスト葉書の整理をするアルバイトをはじめた。そのラジオ局の番組ではＵＦＯが話題になっていて、三津子にもＵＦＯが見えるようになった。ＵＦＯは白い繭を吐き出し、繭の中の白い虫は人の口に入って細胞を食い破り、脳の中に入る。

以前から三津子は日記をつけているが、知らないうちに日記の随所が黒く塗りつぶされている。「あたしは汚染されている」、と三津子は思う。

ところで、ずっと三津子は体調が悪かったが、それは妊娠のせいだった。そこから、三津子の行方はわからなくなり、友人に宛てた手紙だけが残された――。

この作品に対する吉本隆明の評価は、「ひそかにということがとてもうまくわきまえられていて、ひそかに何かある境界を越えてしまっている登場人物を描いているということでは、現在をいちばんよく象徴している」というものだった。

「ある境界」とは、もちろん〈正常〉と〈異常〉との境界ということだ。ある瞬間のある場所では〈正常〉だった思考と振る舞いが、別の瞬間と別の場所では〈異常〉になる。これこそが現在をもっとも象徴しているのであって、常に「大っぴらに」〈異常〉な人物が登場するだけであれば現在の象徴にはならない。繰り返すなら、「境界」をはさんで、〈正常〉と〈異常〉を行き来する描写こそが、この作品をすぐれたものにしている。吉本は、そう述べていることになる。

また、吉本は、次のように具体的に指摘している。

《さすがに新井素子という人はサブ・カルチャーのチャンピオンだけあって、実に現在にありそうで見事に、異常さと、抱いた幻覚が本当だったのかなというふうに思わせている。またそれは幻覚に違いないと読者にさまざまな解釈・可能性を与えてちゃんと描かれて、特異な例ではなくていかにもありそうな主人公たちを登場させて、そういう作品を描いています。》(「新・書物の解体学」)

「幻猫」も、「UFO」と「白い虫」も、三津子に仮託して読めば、本当だったのかなと思える。反対に、三津子ではない周囲の登場人物に仮託すれば、それらは当然にも幻覚として解釈される。そのように小説が書かれているという指摘だ。

なお、『おしまいの日』では、なぜ三津子が〈正常〉と〈異常〉の境界を行き来するようになったかまでは、明示されていない。ただ、バブル経済のころの余韻を未だ引きずっている時代(『おしまいの日』の刊行は『国境の南、太陽の西』と同じく一九九二年）の、残業に明け暮れるホワイトカラー労働者と専業主婦という存在が、その背景として暗示されているだけだ。

『おしまいの日』（2）

やや専門的な話になるが、『おしまいの日』に記された、電話音の「幻聴」、猫や猫のための品物が消えてしまうこと、そしてＵＦＯと白い虫のエピソードは、いずれも典型的な統合失調症の幻覚・妄想とはいえない。

電話音は、被害的内容を伴った幻声にまでは至らず、要素性幻覚のレベルにとどまっている。また、猫およびクッションその他の消失は、不気味な意図によるものと解釈されずに、ナルニア国と同じ（なにげなく洋服簞笥の扉をあけるとナルニア国があるが、意図的にあけてもナルニア国への通路はないのと同様に、探しているときには猫もクッションも見当たらないが、なんでもないときに偶然でてくるだろう）と解釈されている。さらに、幻聴は統合失調症でしばしば出現するが、ＵＦＯや白い虫が見えるといった幻視は特徴的ではない。

ところで、精神医学史上に統合失調症（以前の訳語では精神分裂病）が登場したのは、一九世紀になってからだった。また、統合失調症を有する患者が巨大精神病院へ閉じ込められるようになったのは、欧米では一九世紀末からだった。(統合失調症は、ここ一〇〇年の病にほかならない。*3)そして、閉じ込めが進行するにつれて、それまで一〇〇%近く治療可能だった統合失調症は、不治の病へと転化した。(統合失調症可治熱の時代から不治の時代へ。*4)

要するに、興隆する第二次産業とりわけ重化学工業に適応できない人々が、幻覚・妄想・興奮・昏迷を呈し、社会から排除されたのだった。日本もそれに追随した。

一九七〇年代半ば以降、日本は、第二次産業社会から第三次産業社会へと、変貌を遂げつつある。そうであるがゆえに、精神疾患もまた、第二次産業に相即的だった統合失調症から別の病態へと、変わりつつある。一九九二年の段階で、統合失調症からの変化を反映した病態は、境界性パーソナリティ障害だった。

境界性パーソナリティ(人格)障害に関して、吉本は、次のように述べている。

《ある時間を取ると、振る舞い方、感じ方、考え方が異常だ。しかし、〔別の・引用者註〕ある時間を取ると、もちろん正常な行動に戻っている。そういう境界線を行き来している精神的な障害というのは、お医者さんが境界性人格障害というふうに呼んでいるものにたいへんよく該当しています。それはたいへん増えつつあるというのが現状だと思います。》(「新・書物の解体学」)

「境界」とは、当初は精神病と神経症の境界を意味するものだった。その後、精神病と〈正常〉の境界という意味で、境界性パーソナリティ（人格）障害という言葉が使われるようになった。境界性パーソナリティ障害の多彩な症状と、その変化は、次のように整理することができる。[*5]

ある人間Aのすぐ傍に、その人にとっての大切な人がいるとする。そのレベルでは、Aは悪くても不快気分や抑うつ感を示すにとどまる（相対的安定形態）。もし、Aの傍から大切な人がいなくなるおそれが生じるほどのレベルに陥ると、Aは怒りや操縦や価値下げ（手のひらを返したように他者への評価を切り下げること）を示すようになる（危機形態）。そして、Aの傍から大切な人がいなくなってしまうレベルに至れば、パニックや衝動性や小精神病（一過性の幻覚や妄想）が出現する（瓦解形態）。

反対に、いなくなった大切な人が傍に戻ってきそうになれば、瓦解形態は危機形態にまで引き上げられ、そのあと実際に戻ってくれれば、相対的安定形態にまで復元されることになる。

このように、それぞれのレベルを上下することにより、Aの症状は、ときに〈異常〉にも近づけば、別のときには〈正常〉にも近づくことになる。

では、境界性パーソナリティ障害は、どのような社会に対応する病なのか。この問いは、なぜ

＊3　松本雅彦「『精神分裂病』はたかだかこの100年の病気ではなかったのか?」『精神医療』8・9合併号

＊4　森山公夫『狂気の軌跡』

＊5　ガンダーソン『境界パーソナリティ障害』、高岡健『人格障害論の虚像』

一九九二年当時、境界性パーソナリティ障害が増えつつある（あった）のかと問うことと同じだ。

＃境界性パーソナリティ障害と第三次産業社会

かつて私は、境界性パーソナリティ障害が日本社会へ輸入される過程を、次のように説明したことがある。*6

まず、一九五〇年代アメリカの住宅建設ラッシュと冷戦構造は、外で働き家計を支える父親と、家事を通じて家庭を大切に守る母親、そして両親に庇護されすくすくと育てられた子どもという家族神話を求めた。神話の中で育てられた子どもたちは、思春期を迎えた一九六〇年代後期に、ノーマルで幸せな「偽りの自分」を演じるよう強いられた。だが、「偽りの自分」を演じることの出来ない、若者たちもいた。

そういう若者たちを「偽りの家族」が排除しようとしたとき、採用された概念の一つが境界性パーソナリティ障害だった。実話『思春期病棟の少女たち』（邦訳は草思社）には、そのように診断された若者のカルテが、収載されている。排除され精神病院へ入院させられた彼ら／彼女らは、病棟内で暴れたが、ベトナム反戦闘争のニュースが流れているときだけは静かだった。自分たちが暴れなくとも、自分たちの代わりに、外で異議申し立てをしてくれているから。

つぎに、境界性パーソナリティ障害の日本への輸入は、一九七〇年代末から一九八〇年代にかけて始まった。その手前の時代には、アメリカよりも規模は小さいが、公営・公団・公庫の住宅建設ラッシュがあった。しかし、工場で働く父親と家庭を守る母親によって、子どもに与えられた右肩上がりの夢は飽和点に達し、当時の核家族の正当性を奪ってアノミー状況をもたらした。日本へ境界性パーソナリティ障害概念が輸入される素地が、整ったのだ。

翻って、『国境の南、太陽の西』をみてみると、「僕」は、「見事に典型的な大都市郊外の中産階級的住宅地」に住み、友達の父親の大半は会社員か専門職で、母親が働いている家庭は珍しかったことがわかる。また、『おしまいの日』を改めてふりかえってみれば、三津子の幸せな少女時代と幸せな結婚は、アメリカ発の昔のテレビドラマ「奥様は魔女」と、ほとんど同じだったと記されていることが確認できる。（このドラマこそ、外で働き家計を支える父親と、家事を通じて家庭を大切に守る母親、そして両親に庇護されすくすくと育てられた子どもという家族神話を、代表するものだった。）

繰り返しをいとわず記すなら、一九七〇～八〇年代から、『国境の南、太陽の西』および『おしまいの日』が上梓された**一九九二年**へと至る期間は、それ以前の日本の高度成長を支えた家族神話が崩壊へと転じ、それに代わる家族モデルが呈示できない過渡期だった。

この時期を、吉本は、七十数%の人たちが第三次産業で働いている時代だと定義したうえで、

＊6　高岡健『人格障害論の虚像』、宮台真司・羽間京子・高岡健・岡村達也「なぜ人格障害はすわりが悪いのか？」『精神医療』29号

次のように述べている。

《緑を守れとか、守らないで破壊しちゃったとか、そういうことでやっているのは、九%の人と二十何%の人です。

しかし、大部分の人たち、日本人の五〇%以上の人、七十数%の人たちはそんなところで働いていません。第三次産業と云われていますけれども、流通業とか、サービス業とか、そういうところで働いています。ですから、もし公害病というのを現在考えなければならないとしたら第三次産業です。》

《そこで起こるのが今の境界がわからない精神、あるいは人格障害というものがそこで起こってくる公害病であるわけです。》(「新・書物の解体学」)

わずか九%が第一次産業、二十何%が第二次産業で働いているにすぎない社会では、農村と工業都市の対立は、社会全体の主たる対立軸たりえない。自然を大切にしようとか、コップを百個でなく百五〇個つくるため、もうちょっと働こうといった眼に見える水準では、第三次産業社会の公害を解決することが出来ない。そして、第三次産業社会の公害のあらわれが、境界性パーソナリティ障害なのだ。それらが、吉本の言わんとするところだった。

では、どうすればいいのか。半ば座興だろうが、吉本は自分で境界性パーソナリティ(人格)

障害のチェックリスト（ここで使われているものがどんなものか知らないし、どだいチェックリストの多くはあてにならないが・高岡註）をやってみて、四七項目のうち二二個に思い当たるところがあったと語っている。そして、「だから相当危なくなっている。」「あるときは越えていて、端から見るとちょっとお前の判断はおかしいぞなんていうふうに云えるのだけれど、次の瞬間には治っているものだからそれでまあ何とかやりすごしているといえます。」と説明している（前掲書）。

たしかに、ごまかしながらやりすごすことが出来るのであれば、それはそれでいい方法だ。だが、やりすごすことが無理な場合に限っては、治療を考えざるをえない。具体的には、前項で述べた三つのレベルを念頭に、傍らに大切な人や事物を人工的に配置して、〈正常〉のレベルへの浮力が生じやすいように工夫することが、考えられる限りでは最良の対症的治療ということになる。将来、さらに大きな産業社会構成の変化が生じるまでは、姑息でもこのような方法を用いるしかないのだ。

健康な『国境の南、太陽の西』にも、稀釈された形で病的状況が侵入していた。また、不健康な『おしまいの日』も、すべてが病的なわけではなく、〈正常〉と〈異常〉のあいだを行き来する姿が描かれていた。それが、本当の健康でもなければ、本当の不健康でもないということの意味だった。いいかえるなら、**一九九二年**に上梓された、これら二つの小説こそが、そのころ盛んに診断されるようになった境界性パーソナリティ障害に、対応する文学だったということだ。

その年から、はやくも二〇年以上が経過した。精神医学の世界では、あれほど猖獗をきわめた境界性パーソナリティ障害は鳴りをひそめ、現在では、その座を解離（多重人格）や軽症慢性うつ病（新型うつ病）に譲ったかのようにさえみえる。

だが、阪神淡路大震災と地下鉄サリン事件を契機に注目されるようになった解離（多重人格）は、もともと境界性パーソナリティ障害の機制の特殊型もしくは極限型でもある。そういう考え方にたてば、境界性パーソナリティ障害は、鳴りをひそめたのではなく、より先鋭化したことになる。また、軽症慢性うつ病は、それまでの第二次産業社会を支えた勤勉な労働者のうつ病とは異なり、これまでであれば統合失調症を発症していたであろう人たちや、昔でいうヒステリー症状すなわち今日の解離症状を呈していたであろう人たちが、発現するうつ病だ。そういう視点から考えれば、それらは境界性パーソナリティ障害の変形だともいいうる。

だとすると、境界性パーソナリティ障害は、鋭さを増し形を変えつつ、今日まで連綿として続いていると考えるべきであろう。境界性パーソナリティ障害を背景から根拠づける第三次産業社会が、今日も拡大の一途をたどっている以上、このことは当然だ。事実、境界性パーソナリティ障害は、単に続いているだけではなく、common disease（ありふれた病気）になっているという指摘すらみられる。

境界性パーソナリティ障害が先鋭化し変形するのと平行して、文学もまた先鋭化し変形していくだろう。いまのところ、それは、二つの方向で出現しつつあるように、私の目には映る。

一つは、〈正常〉と〈異常〉とのあいだの行き来が先鋭化して、生と死のあいだの行き来の形をとるようになった作品だ。**もう一つは**、それと同じといえば同じだが、一人の人間の一生が人類史全般にまで拡大され、その結果、変形された過去と現在とを行き来する形をとるようになった作品だ。

純文学がホラーやSFと混交した姿といってもよいが、それらの試みが成功しているかどうか、まだ判断するのは早い。なお、いまのところ精神的な病気は、ホラーやSFと入り混じるところまでは至っていないようだ。だが、それもどうなるか、現時点で判断することは出来ない。

（初出：「吉本隆明の境界性人格障害論」『流砂』10号）

終章　統合失調症
――『転位のための十篇』

吉本隆明の詩集『転位のための十篇』の中に、「分裂病者」という作品がある。（いうまでもなく、分裂病とは、統合失調症の昔の呼称だ。）

その作品の冒頭部分を、以下に引用してみることにする。

《不安な季節が秋になる
そうしてきみのもうひとりのきみはけつしてかえつてこない
きみははやく錯覚からさめよ
きみはまだきみが女の愛をうしなつたのだとおもつている

おう　きみの喪失の感覚は
全世界的なものだ
きみはそのちひさな腕でひとりの女をではなく
ほんたうは屈辱にしづんだ風景を抱くことができるか

きみは火山のやうに噴きだす全世界の革命と
それをとりまくおもたい気圧や温度を
ひとつの加担のうちにとらへることができるか》

先行する詩集『固有時との対話』が自分自身との対話であったのに比べ、それがいかにして歴史的現実との対話へ移行したかを明らかにした詩集が『転位のための十篇』であることは、吉本自身が記している(「少数の読者のための註」)。もちろん、『固有時』において《わたしの不安のなかにおまへの優しさは映らなかつた》と記した吉本が、『転位』において《はやく錯覚からさめよ》と詠っても、それは前者(個体)が後者(世界)によって否定されたことを意味しない。そうではなく、個体内部で響く時間と、外部世界へ向かう意志とが分裂し、拮抗する姿が〈転位〉なのだ。

#共同幻想と「分裂病者」

そうだとしても、なぜこの姿が「分裂病者」になるのか。すぐに思い当たるのは、「きみ」と「もうひとりのきみ」の対比に示されるような「分裂」が、人間内部に顕れているという理由だ。

もっとも、芥川龍之介の『路上』における二重身が、未だ分裂病(統合失調症)の発症にまでは至っていなかったのと同様に、「きみ」と「もうひとりのきみ」の分裂が、ただちに分裂病という診断名へと至るわけではない。帰らぬ「もうひとりのきみ」から訣れた「きみ」が、世界へと出立するときにはじめて、分裂病者の姿が出現するのだ。

どういうことなのか、もう少し説明してみる。

吉本が「『やったな』という何か達成感みたいな感じをもって読みました」（『異形の心的現象』）と評価する森山公夫の著書は、共同幻想・対幻想・個的幻想の三領域のうち、いずれにこだわりをもつかによって、人間を以下の三つのタイプに分けることが、精神疾患の分類に有用であることを示した。

《●「共同幻想」にこだわるタイプ…統合失調症（迫害妄想症）・対人恐怖（強迫神経症）

●「対幻想」にこだわるタイプ…てんかん・ヒステリー（多重人格）

●「個的幻想」にこだわるタイプ…躁うつ病・不安神経症（パニック障害）》（『統合失調症』）

第一に、世界とのあいだで葛藤を抱えやすい〈資質〉の持ち主は、迫害妄想を主症状とする統合失調症に親和性を有する。なお、統合失調症の発症にまでは至らない軽症型が対人恐怖（強迫神経症）だ。

第二に、男女のあいだで葛藤を抱えやすい〈資質〉の持ち主は、てんかんと親和性を持つとされている。本筋から外れるので詳しい説明は省くが、今日では中枢神経系の電気発射の異常としてとらえられているてんかんは、歴史的には統合失調症や躁うつ病と並ぶ三大精神病の一つとして位置づけられていた。また、ヒステリーは、今日では俗語としてのみ使われているが、元来は、目が悪くないのに見えない・足が悪くないのに歩けないといった転換症状や、心因性健忘・多重人格などの解離症状を指して使われていた。これもまた、対幻想に親和性をもつ疾患として位置づけられている。

もっとも、「多重人格」については、さらに注釈が必要かもしれない。芥川の『路上』に描かれている水準での二重身であれば、それは後に共同幻想への固執として重症化することも、対幻想への固執として重症化することもありうる。ここでは、後者の場合を指して、「多重人格」という言葉が使われているのである。私は、小さな勉強会で、森山から直接、彼の考え方を何度も聞いているから、この注釈に間違いはないと思う。[*1]

そして、**第三に**、自分と自分とのあいだで葛藤を抱えやすい〈資質〉の持ち主は、躁うつ病（近年では双極症ないし双極性障害という言い方をする場合が多いが）と親和性をもつ。その軽症型として不安神経症があり、不安神経症の代表がパニック障害だ。このあたりについても、私の注釈は森山の意図するところを、ほぼ正確になぞっているはずである。

以上を敷衍するなら、次のようになる。個体内部で響く時間が個体とのかかわりに終始するのではなく、外部世界へ向かう意志を分岐させて世界と拮抗するとき、必然的に共同幻想への固執

＊1 精神医学論叢刊行委員会『森山公夫精神医学論叢』（私家版）

が生じる。このときに引き寄せられる病像こそが分裂病（統合失調症）であり、引き寄せた人間の姿が「分裂病者」にほかならない。

＃「分裂病者」と内臓系

ところで、吉本隆明が「分裂病者」を雑誌に発表したのは、一九五三年だった。その時点ですでに、後の論考の萌芽とでもいうべき言葉が、詩作品にちりばめられていることがわかる。続きを読んでみよう。

《きみのもうひとりのきみはけつしてかへつてこない
かれはきみからもち逃げした
日づけのついた擬牧歌のノートと
女たちの愛ややさしさと
睡ることの安息と
秩序や神にたいする是認のこころと
狡猾なからくりのおもしろさと
ひものついた安楽と

ほとんど過去の記憶の全部を
…中略…
きみは妄想と孤独とが被害となつておとづれるのをしつている
きみの葬列がまへとうしろからやつてくるのを感ずる》

「きみ」が「妄想と孤独と被害」のかわりに失ったものは、睡りによる安息だったと記されている。

このような吉本の把握は、後になって次のような思考をたどることになる。（なお、以下に言われている「内臓」とは、三木成夫の発生学に関する著書から影響を受けた概念で、第3章でも触れた。もう一度、それを大胆に要約するなら、心の発生を内臓のリズムと関連づけた考え方といえる。ちなみに、「内臓系」に対立する概念は、三木では感覚と運動にたずさわる「体壁系」であり、吉本では「感覚系」である。）

> まず、**正常**とは、感覚器官の動きが現実から退こうとはせず、かつ、内臓系の心の動きが跳出をさまたげられるほどの過重な負担も受けない状態である。つぎに、**異常**とは、感覚器官が現実の一部に圧倒されて働きかけることをやめ、現実の欲求するままに無意識のなかの衝動を抑圧させた状態である。さらに、**病気**とは、感覚器官が現実に圧倒されることは異常と同じだが、内臓系の心の動きの内部に新しく架空の現実をつくりあげ、関係づける点が異なる（『母型論』）。

近年、脳細胞と腸内細菌との関連といった形で精神疾患のメカニズムを見直そうとする研究が、いくつかの内外の科学誌に発表されている。もちろん、このような研究と三木－吉本の論考とは、直接的には無関係だ。しかし、心は脳が単独で担うものではないという点に関しては、もはや生物科学においてさえ、異論のない段階に来ているといってよい。

そこで翻って先の詩を読み返してみるなら、「もち逃げ」されたあとにやってきた「被害」の「葬列」とは何かが、明らかになってくる。それは、「外界の現実にたいして感覚系の働きがすべて撤退してしまい、その代わりに内臓系の心の働きの分野に新しい架空の現実をつくっている状態」（前掲書）であり、だからこそ、それは病気であることを意味するのだ。

＃「分裂病者」と治療論

「分裂病者」の続きを読んでいこう。

《きみは廃人の眼で
どんな憎悪のメトロポオルをも散策する
きみはちひさな恢復とちひさな信頼をひつようとしていると
医師どもが告げるとしても
信じなくていい
きみの喪失の感覚は

全世界的なものだ
にんげんのおほきな雪崩にのつてやがて冬がくる
きみの救済と治療とはそれをささえることにかかつている》

世界と対峙する中で発症した病気は、全世界を支えることによってしか、回復させることが出来ないと言っていることになる。ここに、分裂病（統合失調症）の治療のアポリアがある。共同幻想との葛藤のなかで発症へ至った〈資質〉の持ち主が、共同幻想とのかかわりのなかでしか治癒を得ることが出来ないのなら、それは針の穴に駱駝を通すのにも等しい、困難な道筋だからだ。

では、吉本隆明が「信じなくていい」と詠った、小さな回復と信頼を強調する医師の言葉は、宙に浮いたままになるしかないのだろうか。

吉本は、森山公夫との対談の中で、「漱石が晩年に修善寺で胃の出血で死に損なった体験をしたあとで、自分はいままで世間というのは個人としても世間全体としてもみんな自分の敵だと思っていたと書いている」「ですけど、大病してみて分かったことは、家族も親切にしてくれるし、友達とかお弟子さんたちも心配して泊まり込んでくれてみんな一生懸命やってくれる、自分が考えるほど世間は冷たいものでもないのだと思えてきた、と書いていますね」と語っている。

この部分に相当する漱石の記述を、引用しておこう。

《かく単に自活自営の立場に立って見渡した世の中は悉（ことごと）く敵である。自然は公平で冷酷な敵である。社会は不正で人情のある敵である。もし彼対我の観（かん）を極端に引延ばすならば、朋友（ほうゆう）もある意味において敵であるし、妻子もある意味において敵である。そう思う自分さえ日に何度となく自分の敵になりつつある。》

《世の人は皆自分より親切なものだと思った。住みにくいとのみ観じた世界に忽（たちま）ち暖かな風が吹いた。…中略…忙しい世が、これほどの手間と時間と親切を掛けてくれようとは夢にも待設（まちもう）けなかった余は、病（やまい）に生き還（かえ）ると共に、心に生き還った。余は病に謝した。》（『思い出す事など』）

「世の中」も「自然」も「社会」も「朋友」も敵である。「妻子」も敵である。そして、「自分」すらも敵である。つまり、これまでは世界（共同幻想）のすべてを敵に回しただけでなく、そこから妻子（対幻想）へも自分（個的幻想）へも撤収できなかったと、漱石は述べていることになる。しかし、そこからの回復は、病気を得ることによってもたらされた。「世の人」「世界」「忙しい世」との一種の和解が成立し、「心」を取りもどしたのだ。

#「和解」論について

吉本隆明－森山公夫対談における修善寺の大患への言及には、実は助走部分がある。まず、吉本が世界との「和解」の意味合いについて尋ね、森山が新しいレベルで共同性をつくっていくことだと答える。それを受けて吉本は、固有世界との折り合いをつけるという意味では、自分（＝吉本）は怪しい。内省的になると、どうも俺が先だ、俺が悪いんだということに帰着する気がするが、たいていは「俺の方じゃない、お前の方が悪いのだ」と言って過ごしていると語っている。

森山のいう和解とは、治るということを症候的治癒と根源的治癒とに分けた場合の、後者に相当する概念だ。[*2] ちなみに、前者は、病気の急性期における一時休戦を意味し、眠りの回復が重視される（このことを森山は、埴谷雄高の眠りの実験を援用して説明している）。また、後者は、いわば病気の慢性期における平和を意味し、対人関係の根底的組み換えが重視される（このことを森山は、W・ジェイムズの『宗教的経験の諸相』を援用しながら説明している）。

この考え方に立脚しつつ森山は、対談の中で、修善寺の大患を経た漱石は「最終的にはやはりどこかこの世の中は生きるに値するのだ、仲間たちもいるのだ、という感覚」を持ったと指摘した。それに対し、吉本は、「漱石に共感しましたね」「それは一〇代の頃からよく分かっていて、この人は何か好きな人だな、と考えたことがあるのですね」と応じている。

「一〇代の頃から」と、吉本は明言している。だとすると、それは詩にも反映されているのではないか。医師の言う「ちひさな恢復とちひさな信頼」は信じなくていいが、「にんげんのおほきな雪崩にのつてくる救済と治療」は信じていい――つまり、若き吉本は、あえて症候的治癒を

＊2 森山公夫「世界との〝和解〟としての治癒（前編）」（『ぎふ精神保健』二八巻一号）、「同（後編）」（同二八巻二号）

飛ばしつつも、根源的治癒はありうると考えていたのではないか。

詩「分裂病者」には、《きみは廃人の眼で　どんな憎悪のメトロポオルをも散策する》と記されている。「メトロポオル」という言葉は、高村光太郎の影響のもとに選択されたのだろうが、「廃人」という言葉は、同じ詩集『転位のための十篇』に収載された詩「廃人の歌」へとつながるものだ。

「廃人の歌」には、よく知られた次のような詩句が含まれている。

《ぼくが真実を口にすると　ほとんど全世界を凍らせるだらうといふ妄想によつて　ぼくは廃人であるさうだ》

この有名な詩句に対応する詩句は、次の連のなかにみられる。その箇所を引用してみる。

《ぼくは秩序の密室をしつてゐるのに　沈黙をまもつてゐるのがゆいつのとりえである患者ださうだ》

そして、こう続く。

《ようするにぼくをおそれるものは　ぼくから去るがいい　生れてきたことが刑罰であるぼくの仲間で　ぼくの好きな奴は三人はゐる　刑罰は重いが　どうやら不可抗の抗訴をすすめるための　休暇はかせげる》

ここでの「廃人」が、「妄想」を呈する「分裂病者」と同義であるとすれば、そこからの症候的治癒は、「沈黙」へといったん退却することだ。退却によりもたらされた「休暇」を経て、根源的治癒すなわち「仲間」へと向かうことが出来る。そして、「抗訴」する「仲間」の数は、一人でも二人でもなく「三人」以上だから、それは共同性の組み換えを意味する。

私家版詩集『転位のための十篇』の刊行は、そこに収載された「分裂病者」の雑誌発表と同じ一九五三年だ。したがって、収載された詩を吉本が書いたのは、二〇歳代後半頃ということになる。一〇歳代から漱石の回心ともいうべき体験に共鳴していた吉本は、それから十年を経て書きつけた詩の表現の中に、世界との対峙による敗北からの回復過程を、確実に詠み込んでいた。

（書き下ろし）

あとがき

この「あとがき」を書いている時点で、新型コロナウイルス・パンデミック下での非常事態宣言は、首都圏と関西圏および北海道で継続中だ。新聞報道によると、外出自粛期間中を読書で過ごすため、書店には長い列が出来ているという。それが、紙の本離れに対する歯止めへとつながるなら、もちろん悪いことではない。

今の時期に世界的に売れている本は、デフォーの『ペスト』とカミュの『ペスト』らしい。

前者には、「事実、当局者は、市民を恐ろしい暴力ではなく暖かい同情をもって遇することこそいろいろな点で妥当な策だと判断するにいたったのである。」という一文がある。デフォーが強調したのは、当時のロンドン市当局が、パン価格の維持と公正な救恤に力を注ぎ、市民は違った立場の人とも互いに融和しあったという事実だった。

また、後者には、志願の保健隊という組織に関して、「これらの保健隊を実際以上に重要視して考えるつもりはない。」「筆者はむしろ、美しい行為に過大の重要さを認めることは、結局、間接の力強い賛辞を悪にささげることになると、信じたいのである。」と、記された箇所がある。カミュは、オランという都市の封鎖が続いているあいだ、人々は熱っぽさや痛切な感情を失い、職業をせせこましくして、恋愛と友情の能力さえも奪ってしまったとも述べている。

時代も〈資質〉も異なる二人の著者は、それぞれの文芸の形で、パンデミック状況における心的現象を描いた。奇をてらったフィクションではなく、むしろ平凡な事実であるかのようにさえ思わせる叙述だが、当然にも説教に堕することからは免れている。細菌とウイルスの違いはあっても、現下のパンデミックにおいて必要とされているものは、均一ではない〈資質〉から生まれた想像力が、一人ひとりの読者にもたらす、心的現象の共振ではないか。

なお、本書における書き下ろし以外の各章の初出は、それぞれの章末に記したとおりです。転載を許可していただいた、各媒体の担当者に対し、衷心より御礼を申し上げます。また、それらを一冊の本にまとめていただいた、批評社の皆さまにも深謝いたします。

二〇二〇年皐月

高岡健

著者略歴

高岡 健（たかおか・けん）
1953年生まれ。精神科医。岐阜大学医学部卒。岐阜赤十字病院精神科部長などを経て、現在、岐阜県立希望が丘こども医療福祉センター。日本児童青年精神医学会理事。雑誌「精神医療」（編集＝「精神医療」編集委員会、発行批評社）編集委員をつとめる。
著書に、『別れの精神医学』『新しいうつ病論』『人格障害論の虚像』『殺し殺されることの彼方』（芹沢俊介氏との共著）『自閉症論の原点』（以上、雲母書房）、『発達障害は少年事件を引き起こさない』『精神鑑定とは何か』（以上、明石書店）、『引きこもりを恐れず』『時代病』（吉本隆明氏との共著）（以上、ウェイツ）、『16歳からの〈こころ〉学』『不登校・ひきこもりを生きる』（以上、青灯社）、『やさしいうつ病論』『MHL17 心の病いはこうしてつくられる』（石川憲彦氏との共著）『続・やさしい発達障害論』『発達障害をめぐる世界の話をしよう』（関正樹氏との共著）（以上、批評社）『いかにして抹殺の〈思想〉は引き寄せられたか』（ヘウレーカ）。
編著書に、『孤立を恐れるな！——もう一つの「一七歳」論』『MHL9 学校の崩壊』『MHL11 人格障害のカルテ〈理論編〉』『MHL14 自閉症スペクトラム』『MHL12 メディアと精神科医』『MHL23 うつ病論』（以上、批評社）、『こころ「真」論』（宮台真司氏との編著）（ウェイツ）ほか。

PP選書
吉本隆明の〈こころ〉学——〈資質〉・文芸・心的現象

2020年7月25日　初版第1刷発行

著者……高岡 健

装幀……臼井新太郎

発行所……批評社
〒113-0033　東京都文京区本郷1-28-36　鳳明ビル201
電話……03-3813-6344　fax.……03-3813-8990
郵便振替……00180-2-84363
Eメール……book@hihyosya.co.jp
ホームページ……http://hihyosya.co.jp

印刷……㈱文昇堂＋東光印刷
製本……鶴亀製本株式会社

乱丁本・落丁本は小社宛お送り下さい。送料小社負担にて、至急お取り替えいたします。

ISBN978-4-8265-0716-5 C0036